अध्याय ५

सरश्री

गीता संन्यास

कर्मसंन्यासयोग

सांख्ययोगी, कर्मयोगी, जितेंद्रियोगी, ध्यानयोगी और भक्त्योगी = पूर्णयोगी युक्ति

गीता संन्यास
कर्मसंन्यासयोग

by **Sirshree** Tejparkhi

प्रथम आवृत्ति : मार्च २०१८

प्रकाशक : वॉव पब्लिशिंग्ज् प्रा. लि., पुणे

© Tejgyan Global Foundation
All Rights Reserved 2018.
Tejgyan Global Foundation is a charitable organization
with its headquarters in Pune, India.

© सर्वाधिकार सुरक्षित

वॉव पब्लिशिंग्ज् प्रा. लि. द्वारा प्रकाशित यह पुस्तक इस शर्त पर विक्रय की जा रही है कि प्रकाशक की लिखित पूर्वानुमति के बिना इसे व्यावसायिक अथवा अन्य किसी भी रूप में उपयोग नहीं किया जा सकता। इसे पुनः प्रकाशित कर बेचा या किराए पर नहीं दिया जा सकता तथा जिल्दबंद या खुले किसी भी अन्य रूप में पाठकों के मध्य इसका परिचालन नहीं किया जा सकता। ये सभी शर्तें पुस्तक के खरीददार पर भी लागू होंगी। इस संदर्भ में सभी प्रकाशनाधिकार सुरक्षित हैं। इस पुस्तक का आंशिक रूप में पुनः प्रकाशन या पुनः प्रकाशनार्थ अपने रिकॉर्ड में सुरक्षित रखने, इसे पुनः प्रस्तुत करने की प्रति अपनाने, इसका अनूदित रूप तैयार करने अथवा इलेक्ट्रॉनिक, मैकेनिकल, फोटोकॉपी और रिकॉर्डिंग आदि किसी भी पद्धति से इसका उपयोग करने हेतु समस्त प्रकाशनाधिकार रखनेवाले अधिकारी तथा पुस्तक के प्रकाशक की पूर्वानुमति लेना अनिवार्य है।

Geeta Sanyas
Karma-sanyas-yog

पंचयोगी बनने की युक्ति

प्रस्तावना

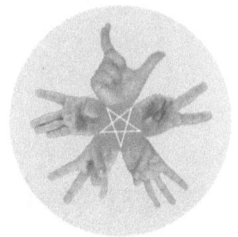

गीता का ज्ञान एक ही है मगर श्रीकृष्ण उसे अलग-अलग दृष्टिकोण से अर्जुन को समझा रहे हैं। जैसे एक ही इमारत की अलग-अलग दृष्टिकोण से फोटो निकालने पर वह अलग-अलग नजर आएगी। वैसी ही बात ज्ञान के संबंध में है। इस अध्याय में अर्जुन का सवाल है, 'कभी आप कहते हो कि कर्मयोग श्रेष्ठ है, फिर कभी संन्यास श्रेष्ठ है तो मैं दोनों में से किसको पकड़कर चलूँ?' इस पर भगवान कृष्ण बताते हैं, 'दोनों एक ही हैं क्योंकि दोनों का परिणाम एक है। मूढ़ लोग ही उनको अलग-अलग समझते हैं।'

श्रीकृष्ण अर्जुन को पूर्ण योगी बनने की युक्ति बताते हैं। पूर्ण योगी पाँच तरह के योगियों का मिश्रण है। जिसमें पहला है- सांख्य योगी। दूसरा है- कर्म योगी। तीसरा- जीतेंद्र योगी। चौथा- ध्यान योगी और पाँचवाँ- भक्त योगी। इन सबके गुणों को अपनाकर जब वह पूर्णयोगी बनेगा तो उसे न कोई संशय रहेगा न दुःख...। वह हर बेबसी, हर मोह से मुक्त होकर पूरी समझ और अनासक्त भाव से अपना कर्म करेगा। आइए, अर्जुन के साथ हम भी कर्मसंन्यास और पंचयोगी बनने की समझ प्राप्त करें।

... सरश्री

॥ विषय सूची ॥

श्लोक	विषय	पृष्ठ
1-5	कर्मयोग और कर्मसंन्यास	5
6-13	जितेंद्रियोगी और सांख्ययोगी.........	13
14-20	परमात्मा और ज्ञानीजन	25
21-26	बुद्धिमान, सांख्ययोगी	39
27-29	ध्यान और भक्त्योगी	53

भाग १

कर्मयोग और कर्मसंन्यास
।। १-५ ।।

अध्याय ५

सन्न्यासं कर्मणां कृष्ण पुनर्योगं च शंससि। यच्छ्रेय एतयोरेकं तन्मे ब्रूहि सुनिश्चितम् ।।१ ।।

श्रीभगवानुवाच

सन्न्यासः कर्मयोगश्च निःश्रेयसकरावुभौ । तयोस्तु कर्मसन्न्यासात्कर्मयोगो विशिष्यते ।।२ ।।

ज्ञेयः स नित्यसन्न्यासी यो न द्वेष्टि न काङ्क्षति । निर्द्वन्द्वो हि महाबाहो सुखं बन्धात्प्रमुच्यते ।।३ ।।

साङ्ख्ययोगौ पृथग्बालाः प्रवदन्ति न पण्डिताः। एकमप्यास्थितः सम्यगुभयोर्विन्दते फलम् ।।४ ।।

यत्साङ्ख्यैः प्राप्यते स्थानं तद्योगैरपि गम्यते । एकं साङ्ख्यं च योगं च यः पश्यति स पश्यति ।।५ ।।

1

श्लोक अनुवाद : अर्जुन बोले– हे कृष्ण! (आप) कर्मों के संन्यास की और फिर कर्मयोग की प्रशंसा करते हैं। (इसलिए) इन दोनों में से जो एक मेरे लिए भली–भाँति निश्चित कल्याणकारक साधन हो, उसे कहिए॥१॥

गीतार्थ : श्रीकृष्ण ने अर्जुन को जीवन जीने के दो तरीके बताए– पहला सांख्ययोग अथवा ज्ञानयोग, जिसे जीवन में उतारने पर इंसान को अकर्म की अवस्था प्राप्त होती है और दूसरा कर्मयोग। दोनों ही मार्गों को समझने के लिए बहुत मनन की आवश्यकता होती है। बड़े–बड़े योगी, ऋषियों आदि ने जिस ज्ञान को समझने में अपना समस्त जीवन लगा दिया, वह अर्जुन को एक के बाद एक बहुत तेज़ी से मिला। ज़ाहिर सी बात है कि इस उच्चतम ज्ञान को समझने और ग्रहण करने में उसे कठिनाई आ रही होगी। युद्ध के मैदान में खड़ा अर्जुन श्रीकृष्ण से विनती कर रहा है कि वे उसके स्वभाव, उसकी वृत्तियाँ, उसकी मानसिक स्थिति को भली–भाँति जानते हैं। इसलिए वे उसे उस मार्ग को निश्चित करके बताएँ, जिस पर वह चल सके, जिसमें उसका कल्याण हो।'

2-3

श्लोक अनुवाद : श्रीकृष्ण भगवान बोले– कर्मसंन्यास[१] और कर्मयोग[२] (ये) दोनों (ही) परम कल्याण करनेवाले हैं। परंतु उन दोनों में (भी) कर्मसंन्यास से कर्मयोग (साधन में सुगम होने से) श्रेष्ठ है॥२॥

हे अर्जुन! जो पुरुष न (किसी से) द्वेष करता है (और), न (किसी की) आकांक्षा करता है, वह कर्मयोगी सदा संन्यासी (ही) समझने योग्य है क्योंकि राग–द्वेषादि द्वंद्वों से रहित (पुरुष) सुखपूर्वक संसार बंधन से मुक्त हो जाता है॥३॥

गीतार्थ : श्रीकृष्ण ने अर्जुन को निष्काम कर्मयोग और कर्मसंन्यास का मार्ग बताया। कर्मसंन्यास से तात्पर्य है– ज्ञानयोग (अकर्ता भाव) में स्थित होने

१– अर्थात मन, इन्द्रियों और शरीर द्वारा होनेवाले संपूर्ण कर्मों में कर्तापन का त्याग
२– अर्थात समत्व बुद्धि से भगवदर्थ कर्मों का करना

अध्याय ५ : २-३

के बाद कर्म होना। यह स्थिति तब आती है जब 'मैं शरीर नहीं हूँ, सेल्फ हूँ' की समझ को अनुभव से जान लिया जाता है। अपने शरीर में रहनेवाले 'व्यक्तिगत मैं' के भाव को विलीन कर, अपने भीतर उस 'यूनिवर्सल मैं' (सेल्फ) को जाग्रत कर लेने के बाद शरीर से जो भी कर्म होते हैं, वे अकर्ता भाव से होते हैं। अतः उन्हें अकर्म कहा जाता है। अकर्म की अवस्था ही कर्मों का संन्यास है क्योंकि वहाँ न कोई कर्ता होता है, न कर्म होते हैं, जो होता है, वह बस होता है (पार्ट ऑफ हैपनिंग)।

श्रीकृष्ण अर्जुन को कह रहे हैं– 'ये दोनों मार्ग ही परम कल्याण करनेवाले हैं। परंतु उन दोनों में भी कर्मयोग को साधना कर्मसंन्यास साधने से ज़्यादा आसान है अतः तुम्हारे लिए वही श्रेष्ठ है।' ऐसा श्रीकृष्ण ने क्यों कहा आइए, इसे समझते हैं।

जब एक शिशु संसार में जन्म लेता है तो उसके अंदर कोई 'व्यक्तिगत मैं' का भाव नहीं होता, वह सेल्फ ही होता है। उसकी क्रियाएँ पशु-पक्षियों के समान सहज होती हैं। उसका हर कर्म अकर्म होता है। ऐसा तब तक होता है, जब तक कि उसके परिवारवाले उसे उसके अलग 'मैं' होने का एहसास नहीं दिला देते। वे उसका एक नाम रख देते हैं। उसे बार-बार बताते हैं कि 'तुम यह नाम हो, ये मम्मी है, ये पापा हैं, ये दादा जी हैं...' आदि। इस तरह से वह स्वयं को दूसरों से अलग 'मैं' मानने लगता है।

जैसे-जैसे वह बड़ा होते जाता है, उसके अंदर मैं, मेरा, तू, तेरा, यह मैंने किया, यह तूने किया... जैसे भाव सहज ही पैदा हो जाते हैं क्योंकि वह अपने आस-पास की पूरी दुनिया को ऐसे ही सोचते हुए देखता है। उम्र बढ़ने के साथ-साथ ऐसे अहंकार के भाव उसके अंदर पक्के होते जाते हैं। उसके लिए यही सत्य होता है कि वह एक अलग व्यक्ति है, दूसरे सभी भी अलग-अलग व्यक्ति हैं...।

उसे अपने परिवारवालों से ऐसी ही शिक्षा मिलती है कि 'अपने लिए पहले सोचना है। तुम्हें दूसरों से बेहतर कुछ बनना है, दूसरों से बेहतर कुछ करना है... अपने हितों, अपनी सफलता के लिए पहले काम करने हैं... दूसरों को हराकर जीतना है...' आदि। स्वार्थ पूर्ण जीवन जीते-जीते वह बार-बार दुःखी और तनाव ग्रस्त होता है क्योंकि वह हमेशा मनचाहा परिणाम नहीं पाता।

परिवारवालों से ही उसे यह शिक्षा मिलती है कि यदि कोई ईश्वर है तो वह हम सबसे अलग है। वह हम सबसे महान, दिव्य शक्तियोंवाला और हमारा जीवन चलानेवाला है। बचपन से ही वह जगह-जगह मंदिर, मस्ज़िद, गुरुद्वारे आदि धार्मिक स्थलों को देखता है। उसे बताया जाता है कि 'ये ईश्वर के घर हैं। ईश्वर की पूजा करो, उससे डरो, उसे चढ़ावा चढ़ाओ तो वह प्रसन्न रहेगा। ऐसे में ईश्वर से जो तुम मागोंगे, वह तुम्हें मिलेगा।' इस तरह से वह ईश्वर के साथ लेन-देन का संबंध बनाता है।

संसार के अधिकतर लोग इसी तरह से, ऐसी ही मान्यताओं के साथ बड़े होते हैं, 'मैं अलग, दूसरे मुझसे अलग और ईश्वर हम सबसे अलग।' अब ऐसी मान्यताओं में घिरे इंसान को सीधे आत्मयोग अथवा ज्ञानयोग का ज्ञान दिया जाए तो उसे कुछ समझेगा ही नहीं। उसने जबसे होश सँभाला है, वह द्वैत भाव (दो का भाव, मैं अलग, ईश्वर अलग) में ही रहा है। अद्वैत भाव (एकम् का भाव, मैं, तू, सभी, ईश्वर, वही एक परम चेतना है) उसे समझ में ही नहीं आएगा। बुद्धि से आ भी गया तो अनुभव में उतरना बहुत कठिन होगा।

इसलिए बेहतर है कि इंसान को धीरे-धीरे सही ट्रैक पर लाया जाए। पहले उसके मन की शुद्धता पर काम किया जाए। उसके मन में ईश्वर के प्रति श्रद्धा और भक्ति उत्पन्न की जाए। भक्ति जगने पर वह और उसका मन शुद्ध होगा। कपट, ईर्ष्या, स्वार्थ जैसे अवगुण दूर

अध्याय ५ : ४-५

होंगे, उसमें स्वीकार भाव जगेगा ।

फिर जब उससे कहा जाएगा कि 'तुम सिर्फ अपना कर्म करो और फल की चिंता मत करो। ईश्वर है तुम्हारा ध्यान रखने के लिए… वह तुम्हें तुम्हारे लिए योग्य फल अवश्य देगा…। तुम्हें मनचाहा फल नहीं मिला तो भी कोई बात नहीं, उसने तुम्हारे लिए आगे कुछ अच्छा ही सोचा होगा… तुम बस कर्म करने पर ध्यान रखो और जो भी फल आए उसे ईश्वर का प्रसाद समझकर ग्रहण करो।' गुरु और ईश्वर पर श्रद्धा होने के कारण उसे यह बात स्वीकार होती है। जब वह ऐसे करता है तो उसे फल से चिपकाव कम होते हैं। फलस्वरूप दुःख और तनाव कम होते हैं, वह बेहतर महसूस करता है।

इसके बाद एक और कदम आगे बढ़ाया जाता है। उससे कहा जाता है, 'अपने स्वार्थ के लिए कर्म मत करो। ईश्वर के निमित्त कर्म करो। अपने कर्म के पीछे की भावना बदलकर उसे अव्यक्तिगत बना लो। फिर जो भी फल आए उसे ईश्वर को समर्पित करो। कर्म भी उसका, फल भी उसके…।' इस तरह से उसे श्रद्धा और भक्ति के सहारे निष्काम कर्मयोग के मार्ग पर आगे बढ़ाया जाता है।

श्रीकृष्ण आगे कह रहे हैं, 'एक कर्मयोगी इंसान संसार में रहते हुए भी संन्यासी के समान ही है। भले ही वह बाहर से संन्यासी जैसा न दिख रहा हो मगर उसकी आंतरिक अवस्था संन्यासी की है क्योंकि वह राग-द्वेष और हर तरह के चिपकाव से परे है। वह पूरी तरह से ईश्वर को समर्पित है और उसकी इच्छा के साथ स्वीकार भाव में जीता है।'

4-5

श्लोक अनुवाद : उपर्युक्त संन्यास और कर्मयोग को मूर्ख लोग पृथक् -पृथक् (फल देनेवाले) कहते हैं, न कि पंडितजन क्योंकि (दोनों

में से) एक में भी सम्यक प्रकार से स्थित पुरुष दोनों के फल रूप (परमात्मा को) प्राप्त होता है।।४।।

ज्ञान योगियों द्वारा जो परमधाम प्राप्त किया जाता है, कर्मयोगियों द्वारा भी वही प्राप्त किया जाता है। (इसलिए) जो पुरुष ज्ञानयोग और कर्मयोग को (फल रूप में) एक देखता है, वही (यथार्थ) देखता है।।५।।

गीतार्थ : श्रीकृष्ण कह रहे हैं कि 'ज्ञानयोग (कर्मसंन्यास, कर्तापन का त्याग) एवं कर्मयोग दोनों भले ही ऊपरी दृष्टि से अलग-अलग मार्ग नज़र आएँ मगर दोनों एक ही मंज़िल (स्वअनुभव) पर पहुँचाते हैं।

ज्ञानयोगी के लिए उसका शरीर सेल्फ का माध्यम है। वह जानता है कि उस शरीर से सेल्फ ही अभिव्यक्ति कर रहा है। कर्मयोगी भी अपने शरीर को ईश्वर (सेल्फ) का माध्यम बना लेता है। वह भी सेल्फ के निमित्त कर्म करता है और फल भी सेल्फ को समर्पित कर देता है। इस तरह से दोनों ही मार्ग में इंसान अहंकार शून्य होकर कर्म करता है इसलिए अकर्म की अवस्था पाता है। लेकिन मूर्ख (अज्ञानी) दोनों को अलग-अलग फल देनेवाला कहते हैं, जो सर्वथा गलत है।

उदाहरण के लिए श्रीराम ज्ञानयोगी थे। उन्हें उनके गुरु वसिष्ठ जी से वसिष्ठ गीता के रूप में ज्ञानयोग की समझ मिली थी। इसके बाद उन्होंने संसार में जो भी लीलाएँ या अभिव्यक्तियाँ कीं, सेल्फ पर स्थापित होकर ही की। उनके सभी कर्म अकर्म थे इसलिए किसी बंधन का कारण नहीं बने। वहीं दूसरी ओर उनके परमभक्त हनुमान कर्मयोगी थे। वे जो भी करते थे, तन-मन-धन से श्रीराम को समर्पित थे। वे स्वयं को उनका दास समझते थे। अपने हर कर्म का श्रेय श्रीराम को ही देते थे और फल भी उन्हें ही समर्पित करते थे। अपने हर कर्म को इसी भाव से करते थे, 'श्रीराम ही करनेवाले हैं, मैं तो बस निमित्त मात्र हूँ।'

अध्याय ५ : ४-५

हनुमान हर कर्म अहंकार शून्य होकर और अनासक्त भाव से करते थे। उनका हर कर्म सेवा था। इसलिए उनके कर्म भी वास्तव में अकर्म ही थे, जिनके कोई बंधन नहीं बनते थे।

इस तरह ज्ञानयोग और कर्मयोग दोनों ही मार्ग पर इंसान अहंकार शून्य हो जाता है। वह कर्म और उसके फल में किसी भी तरह की आसक्ति से परे हो जाता है। ऐसे में या तो वह राम बन जाता है या हनुमान।

● मनन प्रश्न :

१. श्रीराम और हनुमान के उदाहरण से आपको कर्मयोग और ज्ञानयोग में क्या सूक्ष्म अंतर पकड़ में आया?

२. आपको अपने लिए कौन सा मार्ग सरल लगता है और क्यों?

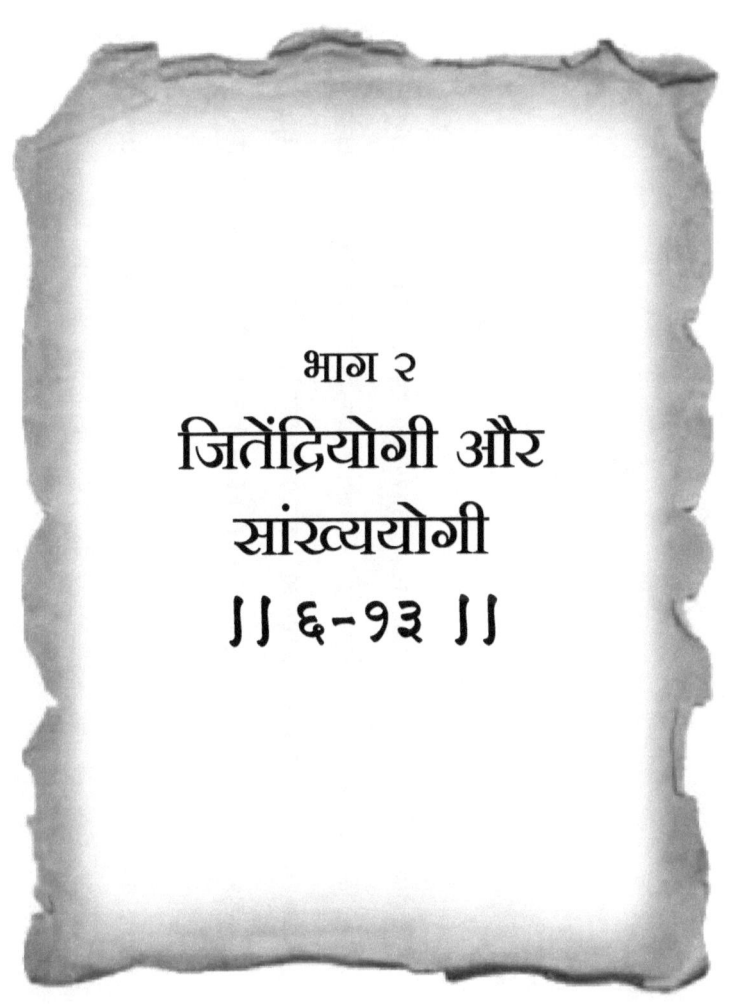

भाग २
जितेंद्रियोगी और सांख्ययोगी
॥ ६-१३ ॥

अध्याय ५

सन्न्यासस्तु महाबाहो दुःखमाप्तुमयोगतः । योगयुक्तो मुनिर्ब्रह्म नचिरेणाधिगच्छति।।६ ।।

योगयुक्तो विशुद्धात्मा विजितात्मा जितेन्द्रियः। सर्वभूतात्मभूतात्मा कुर्वन्नपि न लिप्यते।।७।।

नैव किंचित्करोमीति युक्तो मन्येत तत्ववित् । पश्यञ्श्रृण्वन्स्पृशञ्जिघ्रन्नश्नन्गच्छन्स्वपंश्वसन्।।८ ।।

प्रलपन्विसृजन्गृह्णन्नुन्मिषन्निमिषन्नपि। इन्द्रियाणीन्द्रियार्थेषु वर्तन्त इति धारयन।।९ ।।

ब्रह्मण्याधाय कर्माणि सङ्गं त्यक्त्वा करोति यः। लिप्यते न स पापेन पद्मपत्रमिवाम्भसा।।१० ।।

कायेन मनसा बुद्धया केवलैरिन्द्रियैरपि। योगिनः कर्म कुर्वन्ति संग त्यक्त्वात्मशुद्धये।।११ ।।

युक्तः कर्मफलं त्यक्त्वा शान्तिमाप्नोति नैष्ठिकीम्। अयुक्तः कामकारेण फले सक्तो निबध्यते।।१२ ।।

सर्वकर्माणि मनसा संन्यस्यास्ते सुखं वशी । नवद्वारे पुरे देही नैव कुर्वन्न कारयन्।।१३ ।।

6-7

श्लोक अनुवाद : परंतु हे अर्जुन! कर्मयोग के बिना संन्यास अर्थात मन, इंद्रिय और शरीर द्वारा होनेवाले संपूर्ण कर्मों में कर्तापन का त्याग प्राप्त होना कठिन है (और) भगवत्स्वरूप को मनन करनेवाला कर्मयोगी परब्रह्म परमात्मा को शीघ्र ही प्राप्त हो जाता है।।६।।

जिसका मन अपने वश में है, जो जितेंद्रिय (एवं) विशुद्ध अंतःकरणवाला है (और), संपूर्ण प्राणियों का आत्मरूप परमात्मा ही जिसका आत्मा है, ऐसा कर्मयोगी कर्म करता हुआ भी लिप्त नहीं होता ।।७।।

गीतार्थ : श्रीकृष्ण अर्जुन को बता रहे हैं कि 'इंसान के लिए कर्मयोगी बने बिना कर्मसंन्यास (कर्तापन का त्याग) साधना कठिन होता है। इसका कारण वही है जो आपने इस अध्याय (५) के श्लोक २ और ३ के विस्तार में समझा। अपनी परवरिश के कारण इंसान अपनी पहचान अपने शरीर के साथ ही जोड़ता है। होश सँभालते ही वह अपने आपको शरीर मानता है और शरीर को ही क्रियाएँ करनेवाला समझता है। यदि वह ध्यान भी करता है तो कहता है- 'आज मेरा अच्छा ध्यान हुआ या आज मैंने ज़्यादा समय ध्यान किया।' भजन करता है तो भी स्वयं को भजन करनेवाला समझता है। मनन करता है तो भी स्वयं को मनन करनेवाला समझता है।

ऐसे में खुद को शरीर से अलग करके देखना और स्वयं को सेल्फ से जोड़ना एक कठिन काम है। इसके बजाय किसी बाहरी ईश्वरीय प्रतीक या गुरु के प्रति श्रद्धा से समर्पित हो जाना अपेक्षाकृत आसान है। ईश्वर के प्रति समर्पित होकर गुरु से मिले ज्ञान को ग्रहण कर इंसान पहले कर्मयोगी बनना सीखता है। फिर वह कर्मयोगी बनकर अहंकार शून्य हो जाता है। अहंकार के गिरने पर वह आत्मज्ञान के प्रति अधिक ग्रहणशील हो जाता है।

फिर गुरु उसे बताते हैं कि 'जिस ईश्वर को बाहर खोज रहे हो वास्तव में वह तुम्हारे ही अंदर है।' बल्कि सत्य तो यह है कि 'तुम ही ईश्वर हो, तुम अपनी खोज करो और इस सत्य को अनुभव से जानो।' गुरु के मार्गदर्शन में रहकर वह ईश्वर के वास्तविक स्वरूप पर मनन कर, 'मैं कौन हूँ' के सवाल

अध्याय ५ : ८-९

पर अपनी पूछताछ (सेल्फ इनक्वायरी) करता है। होश पूर्ण ध्यान और मनन से एक दिन वह आत्मअनुभव को पा लेता है। उसके बाद वह वास्तव में कर्मसंन्यास को साधता है। फिर उसके द्वारा हो रहे सभी कर्म सेल्फ के ही कर्म होते हैं।

सभी जानते हैं कि मीरा कृष्ण भक्त कर्मयोगी थी। उनके सभी कर्म, उनका जीवन कृष्ण को ही समर्पित था। जब उन्हें गुरु संत रविदास से आत्मज्ञान मिला तो उनमें स्वबोध जागा। फिर उन्होंने भजन गाया 'पायो जी मैंने राम रतन धन पायो... वस्तु अमौलिक दी मेरे सतगुरु कृपा कर अपनायो...।' यानी आत्मज्ञान मिलने के बाद उनकी दृष्टि में राम और श्याम का फर्क मिट गया। अब उन्हें दोनों में वही एक चेतना नज़र आने लगे थे। वे कहती हैं, 'मेरे सतगुरु ने मुझे राम-नाम का अनमोल वस्तु (ज्ञान) दिया है।' स्वबोध ही वह अनमोल वस्तु है, जिसे कोई भी नाम दो- राम, श्याम, ईश्वर, अल्लाह, सेल्फ... वह एक ही है।

आगे श्रीकृष्ण कहते हैं कि 'जिस इंसान के मन और इंद्रियाँ उसके वश में हैं, जिसका अंतःकरण शुद्ध है यानी जिसके भाव एवं विचार शुद्ध हैं, उनमें कोई विकार नहीं है, सबके प्रति प्रेम और करुणा है। साथ ही जो बाकी सब प्राणियों में और अपने भीतर भी उसी एक सेल्फ को देखता है, वह कर्मयोगी कर्म बंधनों में नहीं बँधता। वास्तव में सभी में और स्वयं में उसी एक सेल्फ को देखनेवाला कर्मयोगी आत्मयोगी या एक तत्त्वदर्शी ही हो जाता है, जिसके कर्म अकर्म हैं अतः वह सदैव ही मुक्त रहता है।'

8-9

श्लोक अनुवाद : तत्त्व को जाननेवाला सांख्ययोगी (तो) देखता हुआ... सुनता हुआ... स्पर्श करता हुआ... सूँघता हुआ... भोजन

करता हुआ... गमन करता हुआ... सोता हुआ... श्वास लेता हुआ... बोलता हुआ... त्यागता हुआ... ग्रहण करता हुआ (तथा) आँखों को खोलता (और) मूँदता हुआ भी, सब इंद्रियाँ अपने-अपने अर्थों में बरत रही हैं- इस प्रकार समझकर निःसंदेह ऐसा मानें (कि मैं) कुछ भी नहीं करता हूँ।।८-९।।

गीतार्थ : तत्त्व को जाननेवाले सांख्ययोगी से श्रीकृष्ण का तात्पर्य उस इंसान से है, जो हर वक्त अपने हृदय पर रहनेवाले सेल्फ पर स्थापित रहता है और उसी अवस्था में सारे काम करता है। ऐसी अवस्था में कर्ताभाव पूर्णतः मिट जाता है और स्वसाक्षी भाव का जन्म होता है। स्वसाक्षी भाव का अर्थ है- साधक सेल्फ पर स्थापित रहते हुए हर क्रिया के प्रति साक्षी हो जाता है।

देखते वक्त वह यह अनुभव करता है कि आँख देख रही है, मैं सिर्फ आँख को देखते हुए जान रहा हूँ क्योंकि मैं शरीर या शरीर की आँख नहीं बल्कि जाननेवाला हूँ। शब्द कान पर पड़ रहे हैं यानी कान सुन रहे हैं, मैं केवल कानों को सुनते हुए जान रहा हूँ। भूख लगी है तो भूख शरीर को लगी है, इसके लिए मैं मात्र साक्षी हूँ। प्यास लगी है, पानी पीने के बाद शरीर तृप्त हुआ, शरीर को तृप्त होते हुए मैंने केवल जाना।

जब हर क्रिया के प्रति ऐसा साक्षी भाव होगा तब हर क्रिया स्वघटित और स्वचलित अनुभूत होगी। वहाँ करनेवाला कोई मौजूद नहीं होगा। कर्ताभाव मिटेगा और अकर्ताभाव प्रकट होगा। इसे हम इस तरह समझें- जैसे हम कोई चीज़ खाते हैं तो कहते हैं कि 'मैंने स्वाद लिया' मगर स्वाद का अनुभव आप नहीं ले रहे हैं, उसके भोगता आप नहीं हैं। आपकी ज़ुबान ने वह स्वाद लिया, आपने नहीं, इससे समझें कि भोगनेवाली इंद्रिय है, आप नहीं।

वैसे ही जब आपके शरीर पर हवा या धूप का स्पर्श होता है तब

आपको क्या विचार आना चाहिए? आपकी समझ यह होनी चाहिए कि 'मैं स्पर्श को महसूस नहीं कर रहा हूँ, यह तो त्वचा महसूस कर रही है।'

शरीर की हर इंद्रिय के साथ जो भी अनुभव आ रहे हैं, जैसे नाक के साथ सुगंध, ज़ुबान के साथ स्वाद, त्वचा के साथ स्पर्श, कान के साथ आवाज़ इत्यादि सारे अनुभव के भोगता आप नहीं हैं। ये आपके साथ नहीं बल्कि शरीर से संबंधित इंद्रियों के साथ चल रहे हैं। यदि चलने की क्रिया हो रही है तो समझ यह रखें कि 'चलने की क्रिया मैं नहीं कर रहा हूँ, मैं इससे अलग हूँ।' उसी तरह जब आप कहते हैं कि 'यह मेरी ज़ुबान है' इसका अर्थ आप ज़ुबान से अलग हैं।

मान लीजिए, आप किसी जगह को दूरबीन से देख रहे हैं तो वह दृश्य दूरबीन के माध्यम से आपको दिख रहा है। अब यदि दूरबीन खुद को दृष्टा कहने लग जाए कि 'मैं देख रही हूँ' तब आप उसे क्या कहेंगे- 'तुम तो सिर्फ यंत्र मात्र हो, देख तो मेरी आँखें रही हैं।' ऐसा आप इसलिए कहेंगे क्योंकि आप स्पष्ट रूप से देख पा रहे हैं कि दूरबीन अलग है और आप उससे अलग दृष्टा हैं। इसी तरह आप अपनी आँखों से देखते हैं। आँखें दूरबीन की तरह ही यंत्र मात्र हैं। आप आँखों के द्वारा देखनेवाले दृष्टा उससे अलग हैं। सभी इंद्रियों से और इस शरीर से जो अलग है, वही आप हैं।

10-11

श्लोक अनुवाद : जो पुरुष सब कर्मों को परमात्मा में अर्पण करके (और) आसक्ति को त्यागकर (कर्म) करता है, वह पुरुष जल से कमल के पत्ते की भाँति पाप से लिप्त नहीं होता।।१०।।

कर्मयोगी (ममत्व बुद्धिरहित) केवल इंद्रिय, मन, बुद्धि (और)

शरीर द्वारा भी आसक्ति को त्यागकर अंतःकरण की शुद्धि के लिए कर्म करते हैं।।११।।

गीतार्थ : प्रस्तुत श्लोक में श्रीकृष्ण ने एक सच्चे कर्मयोगी को कमल के पत्ते की तरह बताया है। जिस तरह कमल के पत्ते पर जल की बूँदे नहीं रुकतीं, वे फिसल जाती हैं, वैसे ही एक कर्मयोगी इंसान के मन पर कर्म को करने का अहंकार (कर्ताभाव) और उसके फल नहीं चिपकते, वे फिसल जाते हैं। अर्थात वह कर्म के कर्ताभाव और फल में आसक्ति, दोनों को दूर छिटककर ईश्वर के निमित्त कर्म करता है। इस कारण वह कभी भी किसी तरह के पाप या बंधन में नहीं पड़ता।

देखा जाए तो कर्मयोगी इंसान कमल के पत्ते की तरह ही नहीं बल्कि खुद कमल की तरह भी होता है। कमल कीचड़ में खिलता है मगर वह कीचड़ से ऊपर उठकर अपनी सुंदरता की, अपने गुणों की अभिव्यक्ति करता है। कीचड़ की गंदगी उसकी सुंदरता को कम नहीं कर पाती।

कीचड़ में खिले कमल की भाँति ही एक कर्मयोगी इस माया के विकारों से लिप्त संसार में रहकर भी माया से निर्लिप्त रहता है। वह किसी भी तरह के मोह में नहीं पड़ता। अपनी इंद्रियों, मन, बुद्धि और शरीर द्वारा सभी तरह की आसक्तियों को त्यागकर अपने मन को शुद्ध और निर्मल बनाता है। इस तरह वह अहंकार शून्य होकर शुद्ध मन, भावों और दिव्य गुणों की उच्चतम अभिव्यक्ति कर अपना परमलक्ष्य (आत्मबोध) पाता है।

12

श्लोक अनुवाद : कर्मयोगी कर्मों के फल का त्याग करके भगवत्प्राप्ति रूप शांति को प्राप्त होता है (और) सकाम पुरुष कामना के कारण फल में आसक्त होकर बँधता है।।१२।।

अध्याय ५ : १२

गीतार्थ : यदि आप गौर करें तो आपकी मन की शांति तभी भंग होती है जब आपकी किसी इच्छा में बाधा पड़े। मन में कामनाओं का होना और वे कामनाएँ हमारे मन मुताबिक ही पूरी हों, ऊपर से ऐसी इच्छा का होना यही हमारे अशांति और दुःख का कारण बनती हैं। कर्मयोगी अगर कोई इच्छा रखता भी है तो वह उसके पूरा होने या न होने की इच्छा (फल) से नहीं चिपकता। इसी कारण उसकी शांत स्थिति में हलचल नहीं होती। वह हर इच्छा या कर्म का फल ईश्वर को समर्पित करके कहता है– 'तुम्हें जो लगे अच्छा, वही मेरी इच्छा।'

इच्छाओं का जगना और विलीन होना, जो देख पाता है– वह कर्मयोगी कहलाता है। जो इच्छा पूर्ति की दौड़ में लगा रहता है– वह फल में आसक्त हुआ पापभोगी कहलाता है।

कामनाएँ कैसे जगती हैं? आइए, इस प्रश्न पर गौर करें। ट्रेन से जानेवाला एक इंसान प्लेटफार्म पर खड़ा है तो उसकी कामना होती है कि ट्रेन जल्दी आए... ट्रेन आ गई तो उसमें दूसरी कामना उत्पन्न होती है कि ट्रेन में बैठने की जगह मिल जाए... जगह मिल गई तो तीसरी कामना उभरती है कि जल्दी से अपनी मंज़िल पर पहुँच जाए... अपने शहर में पहुँचने पर उसमें यह कामना जगती है कि जल्दी घर पहुँच जाए... घर पहुँचने पर कामना जगती है कि गरमा-गरम चाय मिल जाए...। इस तरह देखेंगे कि एक कामना खत्म होते ही दूसरी जाग्रत होती है, जिनका कोई अंत दिखाई नहीं देता। परिणामतः जीवन के अंत तक कभी न खत्म होनेवाली कामनाओं की यह रेल लगातार चलती रहती है। ये तो ऊपरी-ऊपरी स्थूल कामनाएँ हैं, इनके अलावा सूक्ष्म कामनाएँ भी होती हैं, जिनसे अभी इंसान अनभिज्ञ है।

जैसे आप बड़े आराम से टहल रहे हैं और अचानक किसी ने आकर कहा– 'तुम्हारा पड़ोसी मित्र आया है' तो आप तुरंत कह उठते हैं, 'अरे! इसे भी अभी आना था।' अर्थात आपके अंदर 'इस वक्त

अध्याय ५ : १२

कोई न आए' यह सूक्ष्म कामना थी। इंसान के अंदर ऐसी कई सूक्ष्म कामनाएँ होती हैं, जो जल्दी पकड़ में नहीं आतीं। जैसे लाईट बंद न हो जाए... जलजला न आए... भूकंप न हो... अनचाहे मेहमान न आ जाएँ... मोहल्ले के बच्चे शोर न मचाएँ... कोई दरवाज़ा न खटखटाए... गाड़ी बंद न हो जाए... पानी न चला जाए... इत्यादि।

ये सूक्ष्म कामनाएँ घटनाओं के दौरान प्रकाश में आती हैं। जैसे टी.वी. देखते हुए यदि लाईट बंद हो जाए तब पता चलता है कि 'लाईट बंद न हो' यह सूक्ष्म कामना अंदर थी। इंसान, ऐसी कई सूक्ष्म कामनाओं से भरा है। जिनसे मुक्ति के लिए उसे हर दिन कुछ समय निकालकर दो कदमोंवाला अभ्यास करना होगा। जिसमें पहला कदम है– अपने अंदर सूक्ष्म कामनाओं को ढूँढ़कर, उन्हें प्रकाश में लाना, दूसरा कदम– उन कामनाओं को समझ की रोशनी में स्वीकार करना। इस अभ्यास से आप महसूस करेंगे कि आपकी कामनाओं में रुकावट आने के बावजूद भी आप उनके प्रति अनासक्त, स्थिर व शांत रह पाए, न कि कंपित एवं विचलित हुए।

अब प्रश्न उठता है कि ऐसा कौन सा अज्ञान है, जिस कारण इंसान बिना सोचे कामनाओं की रेल में सवार हो जाता है? जवाब है, अपने आपको शरीर मानकर, शरीर की कामनाओं से आसक्त हो जाना। जिसके परिणामस्वरूप इंसान इंद्रियों के मायाजाल में फँस जाता है। जैसे आँख, सुंदर दृश्य देखने पर सुखाती है। जुबान को स्वादिष्ट भोजन की लालसा रहती है। नाक, सुगंध के लिए तरसती है। त्वचा को कोगल स्पर्श भाता है। कान, मधुर आवाज़ सुनने के लिए तरसता है। चूँकि ये सारी कामनाएँ इंद्रियों से संबंधित हैं मगर इंसान को यह धोखा हो जाता है कि 'ये मेरी कामनाएँ हैं।' इसे ही अष्टमाया कहा गया है। अष्टमाया यानी 'मैं, मेरा, मुझे, तू, तेरा, तुझे, वह, उन्हें', इनके कारण ही इंसान सत्य से दूर चला जाता है।

जब उसे सत्य का ज्ञान होता है तब समझ में आता है कि इंद्रियों का इस्तेमाल केवल शरीर को चलाने हेतु किया जाए, न कि उनमें उलझकर, जीवन (सेल्फ) अपना असली अर्थ खो दे। साथ ही उसे यह भी ज्ञात होता है कि 'ये मेरी असली कामनाएँ नहीं थीं मात्र इंद्रियों के खिंचाव थे। वास्तविक 'मैं जो हूँ' वह तो इच्छारहित, कामनारहित है।' तब वह मुक्ति की ओर बढ़ता है और धीरे-धीरे आत्मयोग में स्थिर हो जाता है।

13

श्लोक अनुवाद : अंतःकरण जिसके वश में है, ऐसा सांख्ययोग का आचरण करनेवाला पुरुष न करता हुआ (और) न करवाता हुआ ही नवद्वारोंवाले शरीर रूप घर में सब कर्मों को मन से त्यागकर आनंदपूर्वक (सच्चिदानंदघन परमात्मा के स्वरूप में) स्थित रहता है।।१३।।

गीतार्थ : श्रीकृष्ण कहते हैं- 'कामनाओं और फलों की वासनाओं से रहित शुद्ध और संयमित अंतःकरणवाला ऐसा सांख्ययोगी (आत्मयोगी) न तो स्वयं को कर्ता मानता है, न ही कर्म करवानेवाला मानता है। वह हर तरह के 'मैं' के अहंकार से दूर होकर अपने शरीर को नौ द्वारोंवाली एक मशीन या युक्ति की तरह प्रयोग करता हुआ अपने सहज कर्म संपन्न करता है। वह न शरीर रूपी मशीन से चिपकता है, न ही उसके द्वारा हो रहे कर्मों से। नौ द्वार यानी दो आँखें, दो कान, दो नाक के स्वर, एक मुख, एक लिंग या योनि और एक गुदाद्वार।

आइए, इसे एक कहानी द्वारा समझते हैं। एक पेन था । उस पेन की खासियत यह थी कि उसकी लिखावट बहुत ही सुंदर आती थी। वह बाकी पेनों के मुकाबले दिखने में भी आकर्षक था और लिखता भी अच्छा एवं चमकदार था। इस बात पर उसे अभिमान हो गया कि

अध्याय ५ : १३

वह बाकी पेनों से श्रेष्ठ है। एक दिन ऐसा हुआ कि उसकी लिखाई बहुत बेकार आई, जबकि उसके साथवाले पेन जिसकी लिखाई अब तक बेकार हुआ करती थी, बहुत अच्छी आ रही थी। उसे समझ में नहीं आया कि आज ये उसके साथ क्या हो रहा है। वह परेशान होकर कभी खुद को तो कभी किस्मत को दोष देने लगा। वह पहले की तरह बेहतर लिखने का प्रयत्न करने लगा मगर उसके सब प्रयास व्यर्थ गए।

उसने परेशान होकर दूसरे पेन से पूछा कि 'अचानक ऐसा क्या हो गया कि तुम मेरी तरह अच्छा लिखने लगे।' इस पर दूसरे पेन ने मुस्कराते हुए जवाब दिया, 'मित्र न तुम्हारी लिखाई अच्छी या बुरी है, न मेरी लिखाई अच्छी या बुरी है, लिखाई तो उस लेखक की है, जो हमसे लिखवाता है।'

उस पेन ने दूसरे पेन की कही बात पर मनन किया और पाया कि वास्तव में वहाँ एक लेखक आता है। वही अलग-अलग पेनों को पकड़कर लिखता है। वह जिस पेन से लिखता है, उसकी लिखाई अच्छी होती है। जब लेखक उसे प्रयोग करके लिख रहा था तो उसकी लिखाई भी अच्छी थी। अब उस लेखक ने दूसरे पेन से लिखना शुरू कर दिया था, जिसकी लिखाई अब अच्छी आ रही थी।

अब पेन को समझ आया कि लिखनेवाला वास्तव में वह खुद नहीं था बल्कि लेखक था और वह तो मात्र लेखक का यंत्र था। अच्छी या बुरी लिखाई लेखक की होती है, पेन की नहीं। यह बात समझ में आते ही वह पेन सारी दुविधाओं और दुःखों से बाहर निकल आया और खुश हो गया क्योंकि उसका लिखने का अहंकार टूट गया था। अब जब भी लेखक उसे पकड़ता वह लेखक के प्रति पूर्णतः समर्पित हो जाता और अपनी ओर से लिखने के लिए पूरा सहयोग करता।

दूसरे शब्दों में कहें तो वह पेन आत्मयोगी बन गया था। वह

अध्याय ५ : १३

ऐसे ही लिखता था जैसे बाकी सारे पेन लिखते थे। मगर बाकी पेन अभी भी स्वयं को लेखक मानकर कभी खुश होते थे, कभी दुःखी। जबकि यह पेन हर हाल में आनंदित ही रहता था। इस पेन की तरह ही आत्मयोगी इंसान अपने मन से कर्मों को त्यागकर यानी कर्ताभाव को छोड़कर ऐसे ही कर्म करता है, जैसे दूसरे लोग कर्ता बनकर करते हैं। वह शरीर रूपी घर में आनंदपूर्वक सेल्फ के अनुभव में स्थित रहता है।

● मनन प्रश्न :

१. क्या आप पूरे भाव से अपने कर्म फलों से अलग होकर, उन्हें ईश्वर को समर्पित कर पाते हैं?

२. क्या आप ईश्वर का पेन (अभिव्यक्ति का माध्यम) बनना चाहते हैं? मनन करें, इसके लिए आप कितने तैयार हैं?

भाग ३
परमात्मा और ज्ञानीजन
॥ १४-२० ॥

अध्याय ५

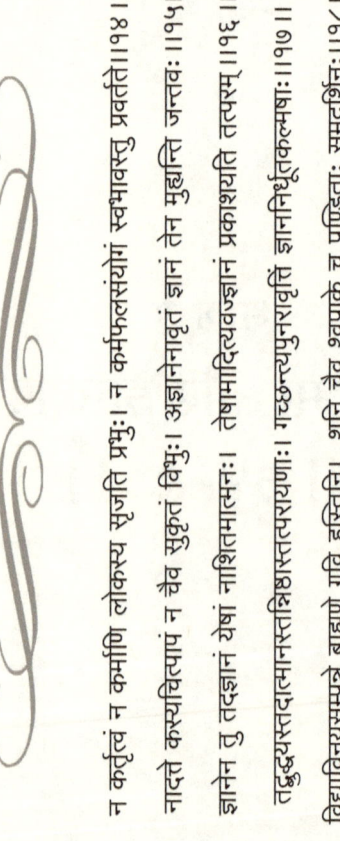

न कर्तृत्वं न कर्माणि लोकस्य सृजति प्रभुः। न कर्मफलसंयोगं स्वभावस्तु प्रवर्तते।।१४ ।।

नादत्ते कस्यचित्पापं न चैव सुकृतं विभुः। अज्ञानेनावृतं ज्ञानं तेन मुह्यन्ति जन्तवः ।।१५।।

ज्ञानेन तु तदज्ञानं येषां नाशितमात्मनः। तेषामादित्यवज्ज्ञानं प्रकाशयति तत्परम् ।।१६ ।।

तद्बुद्धयस्तदात्मानस्तन्निष्ठास्तत्परायणाः। गच्छन्त्यपुनरावृत्तिं ज्ञाननिर्धूतकल्मषाः।।१७ ।।

विद्याविनयसम्पन्ने ब्राह्मणे गवि हस्तिनि। शुनि चैव श्वपाके च पण्डिताः समदर्शिनः।।१८।।

इहैव तैर्जितः सर्गो येषां साम्ये स्थितं मनः । निर्दोषं हि समं ब्रह्म तस्माद् ब्रह्मणि ते स्थिताः।।१९ ।।

न प्रहृष्येत्प्रियं प्राप्य नोद्विजेत्प्राप्य चाप्रियम्। स्थिरबुद्धिरसम्मूढो ब्रह्मविद् ब्रह्मणि स्थितः।।२०।।

14

श्लोक अनुवाद : परमेश्वर मनुष्यों के न (तो) कर्तापन की, न कर्मों की (और), न कर्मफल के संयोग की (ही) रचना करते हैं, किंतु स्वभाव (ही) बरत रहा है।।१४।।

गीतार्थ : प्रस्तुत श्लोक को समझने से पहले अपने जीवन की दस घटनाओं के बारे में सोचें और अपने आपसे पूछें कि 'वे कैसे हुई थीं? सोचें कि घटनाएँ सहज हुईं या किसी को कुछ करना पड़ा?' आपको समझ में आएगा कि सारी घटनाएँ सहज ही हो गईं। जैसे घर बदल दिया, पहले एक जगह पर रहते थे, बाद में दूसरी जगह पर रहने लगे। यह बहुत सहजता से हो गया मगर मन को श्रेय लेना पसंद है। वह यही कहेगा कि 'मेरे करने के बिना घर नहीं बदला जा सकता था।' हकीकत तो यह है कि सब ईश्वर करवा रहा है। एक ज़ोरदार विचार आया और शरीर, मन, बुद्धि से वैसी क्रियाएँ स्वतः ही होने लगीं। इसका अर्थ है कि आपसे करवाया गया। दूसरे शब्दों में कहें कि विभिन्न शरीरों से ईश्वर ही सब कर रहा है।

'सब ईश्वर करवा रहा है या कर रहा है', जब हम यह पंक्ति सुनते हैं तो मन अनायास ही ईश्वर की कल्पना करने लगता है कि कोई आसमान में बैठकर हमें कठपुतलियों की तरह नचा रहा है और हमसे सारे कार्य करवा रहा है। इसलिए सजग किया जाता है कि कल्पना में न उलझें। व्यक्तिगत रूप से ईश्वर आकर कार्य नहीं करवा रहा है बल्कि उसके होने मात्र से सब कुछ हो रहा है। उसका होना मात्र ही काफी है। वह है इसलिए घटनाएँ हो रही हैं इसलिए ईश्वर सब करते हुए भी अकर्ता है।

श्लोक में श्रीकृष्ण कहते हैं, 'परमेश्वर मनुष्यों के न तो कर्तापन की, न कर्मों की और न कर्मफल के संयोग की रचना करते हैं, जो हो रहा है, जो घट रहा है, स्वभावगत हो रहा है।' यह बहुत गहरी बात है आइए, इसे समझते हैं।

एक डेढ़-दो साल का छोटा बच्चा घर में खेल रहा है। खेलते-खेलते वह रसोईघर में चूल्हे के पास चला गया। वह आश्चर्य से चूल्हे में जलती हुई

अध्याय ५ : १४

लकड़ी को देखने लगा। आग में तपी रंग-बिरंगी लकड़ी उस बच्चे को देखने में आकर्षक लग रही थी, कौतुहलवश उसने उस लकड़ी को पकड़ने की कोशिश की। फलस्वरूप उसका हाथ जल गया और वह दहाड़े मार-मारकर रोने लगा। रोने की आवाज़ सुनकर बच्चे की माँ आई। वह बच्चे का जला हाथ देखकर बहुत दुःखी हुई और ईश्वर से कहने लगी, 'हे भगवान ये बेचारा छोटा बच्चा... इसने तो कोई पाप भी नहीं किया था... तूने इसे किस बात की सज़ा दी... मैं तेरी इतनी पूजा करती हूँ, फिर भी तूने मेरे बच्चे की रक्षा नहीं की...।'

अब आप ही सोचिए, आग का स्वभाव है जलाना। उसके समीप जो भी आता है वह उसे जलाती है। चाहे वह लकड़ी हो, कोई धातु हो या किसी का शरीर हो... उसका स्वभाव नहीं बदलता। बच्चे का स्वभाव है हर चीज़ को आश्चर्य से देखना और उसे छूकर महसूस करना। यदि उसे किसी शांत शेर के पास छोड़ दिया जाए तो वह वहाँ भी बिना डरे उसे छूने की या उसकी पूँछ पकड़ने की कोशिश करेगा। उसने स्वभावगत आग में जल रही लकड़ी को छूने की कोशिश की परिणामस्वरूप हाथ जला बैठा।

इंसानी शरीर का स्वभाव है जलने पर पीड़ा महसूस करना। अतः उसके शरीर में पीड़ा हुई और वह रोया। माँ के स्वभाव में बच्चे के प्रति बहुत ममता होती है। कोई भी माँ अपने बच्चे को यूँ पीड़ा में नहीं देख सकती। अतः उसने अपनी पीड़ा क्रोध के रुप में भगवान पर ही निकाल दी। उस माँ की प्रतिक्रिया भी स्वभावगत ही थी।

इस तरह से देखा जाए तो इस घटना में हर कोई अपने-अपने स्वभाव अनुसार कर्म कर रहा है और उस कर्म के फल आ रहे हैं।

जब कहा जाता है ईश्वर ही कर्ता है तो इसका अर्थ यह नहीं है कि ईश्वर ने उस बच्चे का हाथ जलाया। इसका अर्थ यह है कि उस बच्चे के अंदर जो सेल्फ है, लकड़ी छूने का और जलने का

अध्याय ५ : १४

अनुभव उसी ने लिया। माँ के शरीर के भीतर उठी ममतामयी पीड़ा का अनुभवकर्ता भी सेल्फ ही है, कोई और नहीं। मगर माँ स्वयं को उस सेल्फ से अलग व्यक्ति मानकर बाहर के किसी ईश्वर को अपनी पीड़ा सुना रही है।

इस संपूर्ण सृष्टि का प्रत्येक तत्त्व या हिस्सा अपने स्वभाव के अनुसार चल रहा है। उनसे आपस में कुछ कर्म हो रहे हैं। उन कर्मों के फल आ रहे हैं। फल पाकर वापस प्रतिकर्म हो रहे हैं, फिर उनके फल आ रहे हैं। यह सिलसिला यूँ ही चल रहा है। इंसानी शरीर स्वभावगत जन्म ले रहे हैं, बड़े हो रहे हैं, उनके कर्मों से उनकी वृत्तियाँ या संस्कार बन रहे हैं। फिर वे शरीर उन संस्कारों के आधार पर मैकेनिकली जीवन जी रहे हैं और एक दिन समाप्त हो रहे हैं। इसमें किसी के जन्म लेने या मृत्यु होने में ईश्वर का कोई हाथ नहीं है। सभी कुछ प्रकृति के नियमों के तहत, सबके स्वभाव अनुरूप स्वचलित ढंग से चल रहा है।

संसार में जिसे जो भी अनुभव हो रहा है, वहाँ सेल्फ ही अनुभव ले रहा है। वह इस सिस्टम से कुछ अलग नहीं है। खेल बनानेवाला ही खुद खिलाड़ी बनकर खेल रहा है और हार-जीत का अनुभव ले रहा है।

अकसर लोग कहते हैं, 'दैवयोग या संयोग से यह काम हो गया या आज मुझे संयोग से फलाँ इंसान मिल गया।' वास्तव में संसार में दैवयोग या संयोग नाम की कोई चीज़ नहीं होती है। पेड़ से एक पत्ता भी संयोग से नहीं गिरता। उसके पीछे भी कोई न कोई कारण होता है। जैसे हो सकता है तेज़ हवा चली हो और उस पत्ते का डाली से जोड़ कमजोर हो, उसकी उम्र पूरी हो गई हो या किसी ने उस पर पत्थर फेंका हो।

कहने का अर्थ जो भी होता है, वह किसी न किसी कर्म का या प्रकृति के स्वभावगत ही परिणाम है। हमारे भाव, विचार, वाणी या

क्रिया से हुए कर्म के फल ही कभी न कभी हमारे सामने आते हैं। मगर हम यह नहीं जानते इसलिए उसे संयोग का या ईश्वरीय क्रिया का नाम दे देते हैं।

15-16

श्लोक अनुवाद : सर्वव्यापी परमेश्वर (भी) न किसी के पाप कर्म को और न (किसी के) शुभ कर्म को ही ग्रहण करता है। (किंतु) अज्ञान के द्वारा ज्ञान ढँका हुआ है, उसी से सब अज्ञानी मनुष्य मोहित हो रहे हैं।।१५।।

परंतु जिनका वह अज्ञान परमात्मा के तत्त्व ज्ञान द्वारा नष्ट कर दिया गया है, उनका (वह) ज्ञान सूर्य के सदृश उस सच्चिदानन्दघन परमात्मा को प्रकाशित कर देता है*।।१६।।

गीतार्थ : यह श्लोक पढ़कर आप कहेंगे कि 'कर्मयोगी तो अपने समस्त कर्मफल ईश्वर को ही अर्पण करता है। अच्छे हों या बुरे सभी फल वह ईश्वर को ही देता है। लोग गंगा नहाकर या तीर्थयात्राएँ करके भी यही महसूस करते हैं कि उनके पाप उतर गए। यदि ईश्वर हमारे कर्म या उनके फल ग्रहण नहीं करता तो फिर वे जाते कहाँ हैं और हम उनसे मुक्त कैसे होते हैं?'

दरअसल जब हम कुछ क्रिया करके या रीति-रिवाज निभाकर सोचते हैं कि हम पाप मुक्त हो गए तो हमारा यह विचार हमें उस पाप के बोझ से मुक्ति दिलाता है, जिससे हम स्वयं को हलका और फ्रेश (तरोताजा) महसूस करते हैं। इसलिए कहते हैं कि गलती होने पर और अपनी गलती समझ में आने पर इंसान को तुरंत क्षमा माँग लेनी चाहिए। दूसरा क्षमा करे या न करे, इसमें न उलझकर क्षमा माँगने या देने से इंसान की अपनी मनोदशा जरूर बदल जाती है। वह सकारात्मक

**अर्थात् परमात्मा के स्वरूप को साक्षात् कराता है।*

और ग्लानि मुक्त हो जाता है। साथ ही उसमें आगे से गलती न करने की जागरूकता भी आती है। फलस्वरूप उसके आगे के कर्म सही होते हैं।

जब हम ईश्वर को अपने कर्म और फल अर्पण करते हैं तो ईश्वर उनसे नहीं बँधता बल्कि हम उन कर्म और फलों के बंधन से मुक्त हो जाते हैं। हमारी आंतरिक अवस्था बदल जाती है। हमारा अहंकार गिरता है। ईश्वर के प्रति भक्ति और समर्पण के भाव बढ़ते हैं। मन तनावमुक्त, प्रसन्न और शुद्ध होता है। हमारी ऐसी आनंदित आंतरिक स्थिति हमसे अव्यक्तिगत और निःस्वार्थ कार्य कराती है, जिससे हमारा आनंद भी बढ़ता है और दूसरों का भी भला होता है।

अपने बजाय ईश्वर को कर्ता मानकर ऐसा समझें कि आपने अपने सारे तनाव दुःख, पीड़ाएँ ईश्वर के सिर डालकर खुद मुक्त हो गए। जैसे एक कंपनी का मालिक बड़े भले स्वभाव का था। वह अपने कर्मचारियों का पूरा खयाल रखता था। लेकिन उसे अपनी कंपनी से, उसकी रेपुटेशन से बड़ी आसक्ति थी। जिस कारण कंपनी में चलनेवाले उतार-चढ़ाओं से वह बड़ा चिंतित और तनाबग्रस्त हो जाता था। जबकि उसके कर्मचारी हर हाल में खुश रहते थे।

एक दिन उसे एक विचार आया। उसने अपनी पत्नी को कंपनी का मालिक बना दिया और खुद उसके अंडर एक कर्मचारी बन नियत सैलरी पर काम करने लगा। जब भी उसे कंपनी की परफॉरमन्स के विषय में चिंता होती तो वह स्वयं से कहता, 'अब ये कंपनी मेरी नहीं, मेरी बीवी की है, वह जाने उसका काम जाने।' हालाँकि कंपनी के सभी महत्वपूर्ण निर्णय वही लेता था मगर इस तरह से उसने अपने चिपकाव को कम कर लिया था, जिससे वह भी बाकी कर्मचारियों की तरह खुश रहने लगा था। लेकिन अब उसकी बीवी चिंतित रहने लगी थी कि कहीं उसकी वजह से कंपनी में कुछ गलत न हो जाए।

अध्याय ५ : १५-१६

अगर कुछ गलत हो गया तो लोग क्या कहेंगे।

अब अपना तनाव कम करने के लिए पत्नी किसी और को नियुक्त करे, इससे बेहतर तो यह है कि हम सभी अपनी-अपनी कंपनियाँ या जो भी कार्य हैं उनका अधिकार ईश्वर को सौंप दें और खुद उसके कर्मचारी बनकर काम करना सीख लें तो कितना अच्छा होगा!

ईश्वर रचयिता है, उसने दुनिया की रचना की है या कहें उससे दुनिया की रचना हुई है। फिर भी वहाँ कर्ता का भाव नहीं है, वह अकर्ता है और हर चीज़ से निर्लिप्त है। इसलिए वह पाप-पुण्य के कर्मबंधन में नहीं बँधता। पर मन तो अज्ञान में खुद को कर्ता समझ रहा होता है और फिर उससे मिले सुख-दुःख में डूबता-उभरता रहता है।

अतः आगे से मन जब भी किसी कार्य का क्रेडिट लेने की कोशिश करे तो स्वयं से पूछें कि 'यह काम कैसे हुआ?' मन कहेगा कि 'पहले मैंने ऐसा सोचा-वैसा सोचा फिर ऐसा किया' तो फिर उससे पूछें, 'क्या-क्या सोचा, कार्य करने का पहला विचार कौन सा आया और वह कहाँ से आया?' मन जब पहले विचार के स्रोत पर मनन करेगा तो उसे कुछ समझ नहीं आएगा कि पहला विचार कहाँ से आया उसे कौन लाया।

ऐसे में तब गीता के आत्म योग या तत्त्व ज्ञान की समझ ही काम आएगी कि सेल्फ या ईश्वर कहीं और नहीं बल्कि हमारे हृदय में ही विराजमान है और वही हमें चलाता है। वह पहला विचार हृदय में रहनेवाले सेल्फ का होता है। वही विचार हमें कर्म के लिए प्रेरित करता है इसलिए सेल्फ ही कर्ता है। लेकिन उस मूल विचार के आस-पास जब व्यक्ति अपने विचार बुन लेता है कि 'मैंने किया, मुझे करना है, मुझे ऐसे करना है' तब सेल्फ से आया मूल विचार खो सा जाता है।

यदि हम हर कर्म के पीछे के उस पहले मूल विचार की खोज करें तो हमें अपने भीतर बैठे सेल्फ का पता चल जाएगा। तब सिर्फ आश्चर्य, सराहना और धन्यवाद के भाव निकलेंगे कि कैसे वह अकर्ता सेल्फ हमारे शरीर से कर्म करवा रहा है। ऐसे भावों में मन विलीन हो जाएगा और सेल्फ प्रकाशित हो जाएगा।

17-18

श्लोक अनुवाद : जिनका मन तद्रूप हो रहा है, जिनकी बुद्धि तद्रूप हो रही है (और) सच्चिदानन्दघन परमात्मा में ही जिनकी निरंतर एकीभाव से स्थिति है, (ऐसे) तत्परायण पुरुष ज्ञान द्वारा पापरहित होकर अपुनरावृत्ति को अर्थात परमगति को प्राप्त होते हैं।।१७।।

वे ज्ञानीजन विद्या और विनययुक्त ब्राह्मण में तथा गौ, हाथी, कुत्ते और चांडाल में (भी) समदर्शी* ही होते हैं।।१८।।

गीतार्थ : यहाँ पर तद्रूप का अर्थ है, किसी दूसरे के रूप जैसा होना, बिलकुल वैसा ही बन जाना। मन, भाव, बुद्धि से ईश्वर के तद्रूप हो जाने का अर्थ हुआ एक इंसान अपने भाव, विचार, वाणी और क्रिया सभी से बिलकुल ईश्वर का प्रतिरूप ही बन जाए। यानी उसके शरीर में कोई अलग व्यक्तित्व बचे ही नहीं, वह सेल्फ ही हो जाए।

श्रीकृष्ण कहते हैं, 'जब कोई ऐसी परम अवस्था को उपलब्ध होकर अपने अनुभव पर स्थित, सेल्फ स्टैबिलाइज (स्व में स्थापित) हो जाता है तो फिर उसके अंदर पुनः अपने अलग होने का अहंकार नहीं पनपता। इसे ही अपुनरावृत्ति यानी जन्म-मरण की पुनरावृत्ति न होना कहा गया है। वह ईश्वर में ही लीन हुआ, ईश्वर का यंत्र बनकर

**जैसे मनुष्य अपने मस्तक, हाथ, पैर और गुदादि के साथ ब्राह्मण, क्षत्रिय, शूद्र और म्लेच्छादिकों का-सा बर्ताव करता हुआ भी उनमें आत्मभाव अर्थात् अपनापन समान होने से सुख और दुःख को समान ही देखता है, वैसे ही सब भूतों में देखना 'अपनी भाँति' सम देखना है।*

संसार में अपनी भूमिका का निर्वाह करता है।'

आगे श्रीकृष्ण कहते हैं, 'जो लोग इस अवस्था को पा लेते हैं, उनकी दृष्टि में ज्ञानी, योगी, गाय, हाथी, कुत्ते और चांडाल आदि अलग-अलग चेतना के जीवों में कोई फर्क नहीं होता क्योंकि उनकी दृष्टि तो सभी में उसी एक सेल्फ को ही देखती है।'

ऐसी दृष्टि का एक प्रसिद्ध उदाहरण संत ज्ञानेशवर की छोटी बहन मुक्ताबाई थी। वे संत ज्ञानेश्वर के समान ही ज्ञान और भक्ति की उच्च अवस्था में थी। वे भगवान विट्ठल की अनन्य भक्त थी और हर जड़-चेतन में उसी एक विट्ठल के दर्शन किया करती थी। जिस सत्य को संत ज्ञानेश्वर ने भैंसे से मंत्रोच्चारण करवाकर लोगों के सामने सत्यापित किया था कि 'हर जीव में वही एक परम चेतना है', उसी सत्य को मुक्ताबाई ने अपने जीवन में उतार रखा था।

मुक्ताबाई जब किसी सुंदर फूल को देखती तो कहती, 'वाह! विट्ठल कितने सुंदर लग रहे हैं।' जब किसी नाली में बैठे कीड़े को देखती तो कहती 'देखो, कीचड़ में विट्ठल कितने मैले हो गए हैं।' उन्हें तो हर किसी में विट्ठल के ही दर्शन होते थे। एक बार मुक्ताबाई ने अपने भाइयों को बड़े प्रेम से माँडे (मराठी व्यंजन) बनाकर खिलाए मगर जब उनके खाने की बारी आई तो उनकी थाली से एक काला कुत्ता माँडे उठाकर भाग गया। मुक्ता भूखी रह गई मगर फिर भी प्रसन्न थी।

उनके भाइयों ने कहा, 'अरे मुक्ता, वह कुत्ता तेरा खाना उठाकर ले गया तूने उसे डराकर भगाया भी नहीं, ऊपर से तू खुश भी हो रही है?' इस पर मुक्ता बोली, 'किसे डराऊँ भैया, विट्ठल स्वयं मेरे बनाए माँडे लेकर गए हैं। उन्हें मेरे बनाए माँडे इतने अच्छे लगे कि वे कुत्ते का रूप धरकर उसे खाने आ गए, मेरे लिए इससे बड़ी खुशी की बात और क्या होगी!'

मुक्ता की बात सुनकर संत ज्ञानेश्वर बोले, 'चल मान लिया तेरा खाना उठाकर भागनेवाला विट्ठल है मगर तुझे इतना तंग करनेवाला विसोबा कौन है?' (विसोबा चाटी एक अहंकारी ब्राह्मण था, जो इन बच्चों को समाज का कलंक समझकर उनसे नफरत करता था और उन्हें तंग करता था।) मुक्ता बोली, 'विसोबा भी विट्ठल ही है। विट्ठल के हर शरीर में अलग-अलग मानव स्वभाव है मगर उन सभी शरीरों के अंदर चेतना तो एक ही विराजमान है। मुझे तो विसोबा में भी विट्ठल के ही दर्शन होते हैं।'

जिसकी ऐसी दृष्टि हो जाए वह स्वयं ईश्वर स्वरूप ही हो जाता है क्योंकि ईश्वर भी किसी में कोई भेद भाव नहीं करता।

19-20

श्लोक अनुवाद : जिनका मन समभाव में स्थित है, उनके द्वारा इस जीवित अवस्था में ही संपूर्ण संसार जीत लिया गया है। अर्थात् वे जीते हुए ही संसारसे मुक्त हैं। क्योंकि सच्चिदानन्दघन परमात्मा निर्दोष (और) सम है, इससे वे सच्चिदानन्दघन परमात्मा में (ही) स्थित हैं।।१९।।

(जो पुरुष) प्रिय को प्राप्त होकर हर्षित नहीं हो और अप्रिय को प्राप्त होकर उद्विग्न न हो, (वह) स्थिरबुद्धि, संशयरहित, ब्रह्मवेत्ता पुरुष सच्चिदानन्दघन परब्रह्म परमात्मा में (एकीभाव से नित्य) स्थित है ।।२०।।

गीतार्थ : प्रस्तुत श्लोकों में दी गई समझ को एक उदाहरण द्वारा समझते हैं। एक कुम्हार है, जो मिट्टी के मटके बनाता है। उस कुम्हार का एक छोटा बेटा है जो उससे नए खिलौने लाने की ज़िद करता है। कुम्हार के पास नए खिलौने लाने के लिए पैसे नहीं थे तो वह सोचने लगता है कि 'बेटे को कैसे खुश करे।' उसे एक विचार आता है और वह मटका बनाने के लिए तैयार मिट्टी से कुछ अलग-अलग जानवर और इंसान

अध्याय ५ : १९-२०

जैसे छोटे-छोटे पुतले बना देता है। बच्चा इतने सारे अलग-अलग पुतले देखकर खुश हो जाता है। वह उन सबके नाम भी रख देता है और उन्हें उठा-उठाकर अपनी काल्पनिक कहानी बनाकर उनके साथ खेलने लगता है।

तभी वहाँ एक जादूगर कुम्हार से मटके खरीदने आता है। बच्चे को यूँ सहज स्वभाव से खेलता देख उसे बड़ा आनंद मिलता है। वह कुम्हार से कहता है, 'मैं अपने जादू से इस बच्चे का खेल और रोचक बना सकता हूँ।' कुम्हार पूछता है, 'कैसे?' जादूगर कहता है, 'मैं अपने जादू से कुछ समय के लिए इन मिट्टी के खिलौनों में जान डाल देता हूँ। ये कुछ देर किसी ज़िंदा खिलौने की तरह इस बच्चे की कहानी के अनुसार एक नियत क्षेत्र में क्रिया कलाप कर सकेंगे। बच्चे को इन्हें उठा उठाकर चलाना नहीं पड़ेगा।' कुम्हार खुश हो जाता है क्योंकि वह भी जादू का यह रोचक खेल देखने को उत्सुक था।

जादूगर ने अपना जादू चलाया और वे मिट्टी के पुतले सजीव हो उठे। जैसी कहानी वह बच्चा गढ़ता पुतले वैसा ही करते। वे पुतले खुद को ज़िंदा मान रहे थे। उस समय उन्हें लग रहा था कि वे ही कहानी को आगे बढ़ा रहे हैं। जब जादू का समय खत्म हुआ तो पुतले वापस बेजान हो गए। बच्चा उनसे खेलकर चला गया तो कुम्हार ने उन पुतलों को उठाकर वापस मिट्टी में रौंद दिया और उनसे वापस नए मटके एवं बेटे के लिए कुछ नए पुतले बना दिए।

इस कहानी में वे पुतले हम इंसानों का ही प्रतीक हैं। कहानी में पुतले कुम्हार बनाता है, पुतले मिट्टी से बनते हैं, जादूगर उनमें जान डालता है और बच्चा उनके जीवन की कहानी लिखता है। इंसान के साथ ये तीनों काम ईश्वर ही कर रहा है। उसे बनानेवाला कुम्हार भी सेल्फ है, उनमें चेतना डालनेवाला जादूगर भी सेल्फ है। उनके जीवन के कहानी का लेखक भी वही है और सबसे महत्वपूर्ण बात, वह मिट्टी

जिससे पुतले बने, वह भी सेल्फ ही है। वह चेतना या जादू जिसके होने से पुतले सजीव हो उठे, वह भी सेल्फ ही है।

हम इंसानों की यही कहानी है। पुतले जैसे हम इंसान जब तक चेतन रहते हैं तब तक माया के जादुई प्रभाव से अपनी ही दुनिया में मस्त रहते हैं। जब हम खुद को शीशे में देखते हैं तो हम मिट्टी (एक मूल तत्त्व) न देखकर एक अलग पुतला देखने लगते हैं, जो बाकी पुतलों से अलग होता है। इसी भ्रम में हमारी जीवन अवधि समाप्त हो जाती है।

आत्मयोग हमें वह दृष्टि देता है, जिससे हम इस पूरे खेल को हेलीकॉप्टर व्यू से देख सकें कि हम कैसे बने हैं, किससे बने हैं, कैसे चल रहे हैं और अंत में किस गति को पाते हैं। सत्य श्रवण, मनन, ध्यान आदि प्रयासों से जिसने आत्मयोग को अनुभव में उतार लिया, उसे समदृष्टि या समभाव प्राप्त हो गया। यानी अब उस पुतले को वह स्वयं और बाकी पुतले, पुतले नज़र नहीं आएँगे, मात्र मिट्टी ही नज़र आएगी, जिससे वे बने हैं।

जिसने इस महान रहस्य को अनुभव से जान लिया, फिर उसके लिए भला संसार में क्या जीतना शेष रहेगा। उसका ध्यान तो हमेशा उस खेल के रचयिता सेल्फ पर ही रहेगा। नह अपनी भूमिका भी आनंद से निभाएगा। न कुछ खोने से डरेगा, न कुछ पाने पर फूला समाएगा। उसकी बुद्धि सदा स्थिर और आनंदित रहेगी क्योंकि उसे पता है कि कुछ पाने या खोने की बात है ही नहीं। खेल कोई और खेल रहा है उसे बस अपनी भूमिका अनुसार चलते जाना है। यही बात श्रीकृष्ण अर्जुन को प्रस्तुत श्लोकों में समझा रहे हैं और उसे समभाव धारण करने के लिए कह रहे हैं।

अध्याय ५ : १९-२०

● मनन प्रश्न :

१. प्रकृति में सब कुछ स्वचलित, स्वघटित चल रहा है, इस कथन से आप कितने सहमत हैं?

२. क्या आप दूसरों में भी वही एक सेल्फ देख पाते हैं? आपके अंदर वननेस (सभी एक हैं) का भाव कितना बढ़ा है?

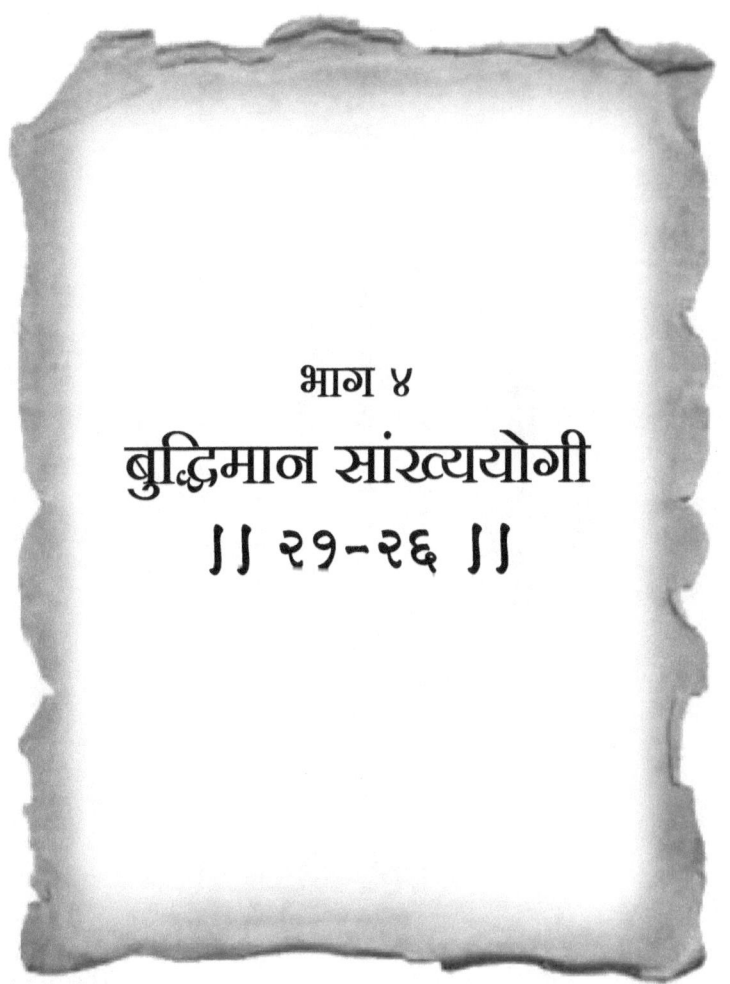

भाग ४
बुद्धिमान सांख्ययोगी
॥ २१-२६ ॥

अध्याय ५

बाह्यस्पर्शेष्वसक्तात्मा विन्दत्यात्मनि यत्सुखम्। स ब्रह्मयोगयुक्तात्मा सुखमक्षयमश्नुते।।२१।।

ये हि संस्पर्शजा भोगा दुःखयोनय एव ते। आद्यन्तवन्तः कौन्तेय न तेषु रमते बुधः।।२२।।

शक्नोतीहैव यः सोढुं प्राक्शरीरविमोक्षणात्। कामक्रोधोद्भवं वेगं स युक्तः स सुखी नरः।।२३।।

योऽन्तःसुखोऽन्तरारामस्तथान्तर्ज्योतिरेव यः। स योगी ब्रह्मनिर्वाणं ब्रह्मभूतोऽधिगच्छति।।२४।।

लभन्ते ब्रह्मनिर्वाणमृषयः क्षीणकल्मषाः। छिन्नद्वैधा यतात्मानः सर्वभूतहिते रताः।।२५।।

कामक्रोधवियुक्तानां यतीनां यतचेतसाम्। अभितो ब्रह्मनिर्वाणं वर्तते विदितात्मनाम्।।२६।।

21-22

श्लोक अनुवाद : बाहर के विषयों में आसक्तिरहित अंतःकरणवाला (साधक) आत्मा में स्थित जो (ध्यानजनित सात्विक) आनंद है, उसको प्राप्त होता है, (तद्नंतर) वह सच्चिदानन्दघन परब्रह्म परमात्मा के ध्यानरूप योग में अभिन्न भाव से स्थित पुरुष अक्षय आनन्द का अनुभव करता है।।२१।।

जो (ये) इंद्रिय तथा विषयों के संयोग से उत्पन्न होनेवाले सब भोग हैं, वे (यद्यपि विषयी पुरुषों को सुखरूप भासते हैं तो भी) दुःख के ही हेतु हैं (और) आदि-अंतवाले अर्थात अनित्य हैं। (इसलिए) हे अर्जुन! बुद्धिमान विवेकी पुरुष उनमें नहीं रमता।।२२।।

गीतार्थ : श्रीकृष्ण कह रहे हैं, 'जो इंसान इंद्रियों द्वारा महसूस किए जानेवाले बाहरी सुखों में आसक्त नहीं है वह अपने अंदर रहनेवाले परम आनंद (सेल्फ) को पाता है और जो इंसान बाहरी सुखों को पाने में ही असली आनंद समझता है, वह अंततः दुःखों को ही पाता है।' आइए, इस सत्य को विस्तार से समझते हैं।

आनंद दो प्रकार के हैं- स्थायी और अस्थायी। स्थायी आनंद किसी कारण से नहीं बल्कि अपने होने के एहसास (स्वअनुभव) से मिलता है, जब कि अस्थायी आनंद बाहरी वस्तुओं से प्राप्त होता है। जैसे स्वादिष्ट भोजन का स्वाद पहले दिन जितना आया, उसकी तुलना में दूसरे दिन कम हो जाता है- यह है अस्थायी आनंद। मगर ज़ुबान के स्वाद में उलझा हुआ इंसान फिर से वही आनंद प्राप्त करना चाहेगा, जो उसने पहले महसूस किया था। हालाँकि वह आनंद केवल खाने के स्वाद के कारण नहीं था मगर इंसान को यह भ्रम हो जाता है कि स्वादिष्ट भोजन की वजह से आनंद आया। इसलिए उसके मन में उसी तरह के भोजन की लालसा उत्पन्न होती है। यह उदाहरण इशारा है इंद्रिय सुख में उलझे हुए इंसान की ओर, जो अस्थायी आनंद के कारण अंततः दुःख को अपनी ओर आमंत्रित करता है।

अध्याय ५ : २१-२२

याद कीजिए वह क्षण जब आपको पहली बार मोबाईल फोन के बारे में पता चला और आपके भीतर उसे पाने की तीव्र इच्छा जगी। एक दिन आया जब आपकी इच्छा पूरी हुई, उस दिन आपके पैर ज़मीन पर नहीं टिके होंगे। आप उसे हाथ में लेकर घूमे होंगे, दोस्तों में उसकी तारीफें करते हुए उसका प्रदर्शन किया होगा। लेकिन कुछ महीनों बाद जब नए स्मार्टफोन बाज़ार में आ गए तब भी क्या आपके पुराने मोबाईल फोन ने आपको उतना ही आनंद दिया।? नहीं, अब वह आपको दुःख देने लगा होगा कि इससे पीछा छुटे, कोई इसे मुझसे खरीद ले और मैं कुछ और पैसे जोड़कर एक नया स्मार्ट फोन ले लूँ।

कहने का अर्थ- बाहरी सुख, बाहरी वस्तुएँ इंसान को कभी हमेशा बना रहनेवाला स्थाई सुख नहीं दे सकती। यहाँ तक कि यदि अपने रिश्तों के प्रति उसमें समदृष्टि नहीं है तो वे भी कभी न कभी दुःख का कारण बन जाते हैं। बच्चे आपके हिसाब से नहीं चले तो दुःख होता है, पति या पत्नी ने कुछ कह दिया तो दुःख होता है।

सत्य की राह पर चलनेवाला और विवेक बुद्धि का इस्तेमाल करनेवाला इंसान निम्न बातों में नहीं उलझता। क्योंकि वह स्थायी आनंद प्राप्त करने की कला जान चुका होता है। वह जानता है कि सभी के भीतर वही एक चेतना है। जो कोई कुछ कह रहा है या कुछ कर रहा है, स्वभावगत कर रहा है, उसे वैसा ही करने के लिए बनाया गया है। सबमें ईश्वर देखने से सब स्वीकार होता है। इस समझ को ग्रहण करनेवाला इंसान प्रतिकर्म नहीं करता बल्कि सदा तेज़, ताज़ा, नया प्रतिसाद दे पाता है। जिसकी बदौलत वह स्वयं के साथ-साथ दूसरों को भी आनंद में रख पाता है।

इस अवस्था में स्थित इंसान इंद्रिय सुखों तथा निम्न बातों से ऊपर उठकर, अपने होने के कारण खुश होता है। जहाँ से उससे

अध्याय ५ : २१-२२

उच्चतम की प्रार्थना उठने लगती है, जो पुण्य कर्म है। ऐसा कर्म होने के लिए हरेक को अपना आत्मनिरीक्षण कर, यह जानना होगा कि वास्तविक आनंद का उगम स्थान (स्रोत) कहाँ है।

आपको यह जानकर आश्चर्य होगा कि हर इंसान सुबह से लेकर रात तक जो भी कार्य कर रहा है, उसके पीछे उद्देश्य केवल आनंद पाना है। हर छोटे से छोटे काम से लेकर, बड़े से बड़े काम के पीछे गहराई में जाएँगे तो अंत में पाएँगे कि आप आनंद ही चाहते थे। हालाँकि यह आनंद आपके अंदर ही उपलब्ध है, जिसके लिए आपको बाहरी चीज़ों पर निर्भर रहने की ज़रूरत नहीं है। जब चाहें, जितना चाहें, आप वह आनंद ले सकते हैं। मगर इंद्रिय सुख की कामना में रमण करनेवाला इंसान बाहरी चीज़ों में उलझ जाता है। जैसे घर में नया टी.वी. आने पर उसे भरपूर आनंद होता है मगर दो दिन बाद वही आनंद कम हो जाता है। हफ्तों बाद देखेंगे कि टी.वी. आने की खुशी पूरी तरह से समाप्त हो गई और महीनों बाद तो उसे याद भी नहीं रहता कि घर में नई टी.वी. आई है।

इसी तरह जिनके पास अपना घर नहीं होता, उनसे पूछें कि वे घर के लिए कितना सोचते हैं और जिनका अपना घर होता है, उन्हें याद भी नहीं होता कि उनके पास अपना घर है। वे भूल चुके होते हैं क्योंकि समय के साथ वस्तुओं से प्राप्त खुशी खत्म हो जाती है। इन उदाहरणों से समझें कि स्थायी आनंद भोग-विलास की वस्तुओं में नहीं बल्कि आपके अंदर ही है। आइए, इस रहस्य को आगे दिए गए 'इच्छाओं की दीवार' रूपी उपमा द्वारा अधिक विस्तार से समझें।

आप एक दीवार के सामने खड़े हैं और दीवार की दूसरी तरफ एक रोशनी है, जिसे आप ईश्वर, तेज़ प्रकाश, सेल्फ, अल्लाह, गॉड, सत्य या अनुभव कह सकते हैं।

अध्याय ५ : २१-२२

यह 'इच्छाओं की दीवार' इंसान की बहुत सारी इच्छाओं से उत्पन्न हुई है, जिसमें हर इच्छा का एक पत्थर है। जैसे बंगला, कार, ए.सी., स्कूटर, टी.वी., नौकरी, प्रमोशन, व्यापार इत्यादि। इस इच्छा रूपी दीवार के पीछे कुछ ऐसा है, जो ढक गया है, छिप गया है, जो हमारे अंदर ही है। सिर्फ उसे ज्ञान की समझ पाकर प्रकट करना है। तद्पश्चात असली खुशी प्राप्त होती है।

अब इंसान का पूरा मन अलग-अलग इच्छा रूपी पत्थरों से भरा हुआ है। फिर एक दिन अचानक उसे उसकी इच्छा अनुरूप चीज़ मिल जाती है। जिसके मिलते ही इच्छाओं की दीवार का एक पत्थर हट जाता है और वहाँ सुराग बन जाता है। जिसके पार देखने से ईश्वर की हलकी सी झलक दिखाई देती है। जिसके फलस्वरूप वह आनंदित हो उठता है। अर्थात इच्छाओं से भरा मन जब खाली हो जाता है तब खुशी महसूस होती है। मगर गलतफहमी यह हो जाती है कि इच्छा पूर्ति की वजह से आनंद आया। परिणामतः इंसान जीवनभर इच्छाएँ पूरी करने में लग जाता है। इस बीच उसे इच्छाएँ रखने की आदत पड़ जाती है। फिर यही आदत आगे चलकर वृत्तियों में परिवर्तित होती है।

सत्य की समझ प्राप्त किए हुए इंसान की जब बेहोशी टूटती है और उसमें होश एवं विवेक जागता है तब वह स्वयं को चेतना के उच्चतम स्तर पर पाता है। इस अवस्था में पहुँचकर वह सांसारिक भोग-विलास में नहीं अटकता। उसमें यह बोध जागता है कि इस परिवर्तनशील जगत् में सिवाय सत्य-अनुभव (ईश्वर) के कुछ भी स्थिर नहीं है। सब कुछ अस्थिर और परिवर्तनीय है। अर्थात आज जो मित्र हैं, वे कल शत्रु हो सकते हैं। आज जो अमीर है, वह कल गरीब हो सकता है। बच्चा, जवान होता है...जवान, बूढ़ा होता है। यहाँ दिन, रात में... रात, दिन में ... सुख, दुःख में... दुःख, सुख में... अपमान सम्मान में, सम्मान, अपमान में परिवर्तित हो

जाता है। अतः विवेकशील इंसान कभी भी संसार की अस्थिर और परिवर्तनीय वस्तुओं के प्रति आसक्त नहीं रहता। जिसके फलस्वरूप यही अनासक्ति उसे सेल्फ पर सहजता से स्थित करती है।

23-24

श्लोक अनुवाद : जो साधक इस मनुष्य- शरीर में, शरीर का नाश होने से पहले-पहले ही काम-क्रोध से उत्पन्न होनेवाले वेग को सहन करने में समर्थ हो जाता है, वही पुरुष योगी है (और) वही सुखी है।।२३।।

जो पुरुष निश्चय करके अंतरात्मा में ही सुखवाला है, आत्मा में ही रमण करनेवाला है तथा जो आत्मा में ही ज्ञानवाला है, वह सच्चिदानन्दघन परब्रह्म परमात्मा के साथ एकीभाव को प्राप्त सांख्य योगी शांत ब्रह्म को प्राप्त होता है।।२४।।

गीतार्थ : इन श्लोकों को समझने से पहले आइए, 'काम' और क्रोध को समझते हैं। कर्म या कार्य को भी आम बोलचाल की भाषा में काम कहा जाता है लेकिन यहाँ काम का अर्थ है- कामना या इच्छा।

जब किसी आध्यात्मिक पुस्तक या प्रवचन में 'काम' शब्द आता है तो लोग उसका अर्थ सिर्फ यौन क्रिया ही समझते हैं। जबकि ऐसा नहीं है। काम का विस्तृत अर्थ है- कामना। वह कामना यौन सुख संबंधी भी हो सकती है। हमारे धार्मिक पुस्तकों में बाकी तरह की इच्छाओं और विकारों पर तो बहुत ज्ञान और मार्गदर्शन उपलब्ध है। लेकिन काम अथवा वासना विषय पर बात करना सही नहीं माना जाता। विशेषकर आध्यात्मिक मार्ग पर चलनेवालों की नज़र में तो इसे 'नर्क का द्वार', 'पाप', 'घृणित कर्म' की संज्ञा दी जाती है। लेकिन इस पर बात करना ज़रूरी है कि वास्तव में 'काम' क्या है, सृष्टि में इसकी क्या भूमिका है, यह कब एक सहज प्राकृतिक स्वभावगत इच्छा से

अध्याय ५ : २३-२४

वासना बनता है। इसे समझना इसलिए ज़रूरी है ताकि यह हमारे मन को न तो उलझा सके, न अपने आकर्षण में फँसा सके, न ही हम इससे नफरत करें, न ही इसके बारे में कोई गलत धारणा बनाकर जीएँ।

कुदरत ने सृष्टि में इंसान और जीव बनाए, साथ ही उनके शरीर में ही ऐसी व्यवस्था की कि वे ज़िंदा रहकर, नए शरीर बनाएँ ताकि सृष्टि का विकास क्रम चलता रहे। बाकी जीवों की तरह कुदरत ने इंसान को और भी ऐसे विचार, ऐसी भावनाएँ दीं, जिनके कारण एक उम्र आने पर लोग किसी की ओर आकर्षित होते हैं। वे सामाजिक व्यवस्था के अनुसार शादी करते हैं और नई पीढ़ी अस्तित्त्व में आती है। यह इंसान के डी.एन.ए. में ही है।

इस तरह काम अथवा यौन प्रक्रिया के द्वारा कुदरत के विकास का क्रम चलता आ रहा है और आगे भी चलता रहेगा। नया शरीर बनता है और पुराना मिटता जाता है। काम की भूमिका है नए को बनाना, भोजन की भूमिका है बने हुए का पोषण करना और मृत्यु की भूमिका है पुराने को हटाना। इस प्रकार कुदरत में सब कुछ सुव्यवस्थित तरीके से चल रहा है। ऐसे में प्रश्न यह है कि समस्या आई कहाँ से... क्यों काम भोजन की तरह एक सहज क्रिया न होकर, जटिल विषय बन गया?

इंसान को छोड़कर अन्य जीवों में यह भूमिका सहजता से चल रही है। कहीं कोई दिक्कत नहीं, सब सहज प्रवाह में घटित हो रहा है। यह एक सामान्य, नैसर्गिक क्रिया है, जिसमें अच्छी या बुरी लगनेवाली कोई बात ही नहीं है। आपको भूख लगती है तो आप खाना खाते हैं। आपको नींद आती है तो आप सो जाते हैं। उस समय यह नहीं सोचते कि खाना अच्छा है या बुरा, सोना पवित्र है या पाप। ये उदासीन क्रियाएँ हैं। इसी तरह काम भी सहज (न्यूट्रल) है, उस पर अच्छे-बुरे

अध्याय ५ : २३-२४

का लेबल नहीं लगाना चाहिए।

'काम नर्क का द्वार है', जैसी बातों को पढ़कर सत्य के खोजियों ने इस सहज क्रिया के प्रति गलत धारणाएँ पाल लीं। वे काम भावना या किसी के प्रति आकर्षित होने के विचारों को वर्जित मानने लगे। वे ऐसी भावनाओं को या तो स्वीकार नहीं करते या अपराधबोध (ग्लानि) से भर जाते हैं। दूसरी ओर जो इन भावनाओं में आवश्यकता से अधिक उलझ जाते हैं, वे भी अपने लिए मानसिक और शारीरिक समस्याएँ खड़ी करते हैं। इस तरह कुछ ने नफरत के कारण तो कुछ ने आसक्ति के कारण इसे विकार बना दिया। इस तरह एक सहज क्रिया गलत वृत्ति और मनोरंजन का साधन बन गई। वह लिप्सा, असंतुष्टि और बीमारी बन गई।

सामाजिक व्यवस्था के अनुसार शादी-शुदा जीवन की मर्यादाओं का पालन करते हुए पति-पत्नी के मध्य प्रेम और सौहार्दपूर्ण काम संबंध एक सामान्य संबंध है, जिनके द्वारा एक स्वस्थ नई पीढ़ी जन्म लेती है। मगर जब इसमें व्यभिचार होने लगे... यह मनोरंजन का साधन बन जाए और सारी सोच इसी के इर्द-गिर्द घूमने लगे तब यह बीमारी बनकर इंसान के पतन का कारण बन जाती है।

हर वह कामना जो व्यक्तिगत है, जिसकी उपज अहंकार की ज़मीन पर हुई है, जो लोभ, मोह, क्रोध, भय, निराशा जैसे विकारों को बढ़ाती है, हमें सेल्फ से दूर ले जाती है, हमें सुख-दुःख के कुचक्र में फँसाती है, वह वासना है।

गीता में श्रीकृष्ण ने बार-बार यह कहा है, 'जो इच्छाएँ सहज हैं, प्राकृतिक हैं, स्वभावगत उठती हैं, वे सहजता से पूरी होनी चाहिए। शरीर को भूख लगी है तो उसे भोजन मिलना चाहिए। उसे थकान हो रही है तो आराम मिलना चाहिए। ऐसी इच्छाएँ, इच्छाएँ नहीं बल्कि

अध्याय ५ : २३-२४

स्वभावगत आवश्यकताएँ हैं। ऐसी इच्छाओं को 'इंद्रियाँ, इंद्रियों के स्वभावगत कार्य कर रही हैं' की समझ से देखना चाहिए।'

जो इंसान सहज इच्छाओं का बलपूर्वक दमन करता है लेकिन मन में उनके बारे में सोचता रहता है, श्रीकृष्ण ने उसे पाखंडी और झूठा कहा है। लेकिन साथ ही जो इंसान उन इच्छाओं में आसक्त हो जाता है यानी उनके पूरा न होने पर दुःखी होता है एवं पूरा होने पर और अधिक की कामना करता है, उसे अज्ञानी और अहंकारी कहा है।

जब इंसान किसी कामना से आसक्त हो जाता है और वह पूरी नहीं होती तो क्रोध का जन्म होता है। क्रोध आसक्ति का आफ्टर इफेक्ट या साइड इफेक्ट है। मनचाहा न होने पर ही इंसान क्रोध कर अपना फ्रस्ट्रेशन बाहर निकालता है।

धार्मिक प्रवचनों में कहा जाता है- 'काम और क्रोध नहीं करने चाहिए इनसे साधक का पतन होता है।' लेकिन शरीर तो शरीर है। उसमें कामनाएँ भी उठती हैं और क्रोध भी आता है तो क्या किया जाए? उत्तर है- सबसे पहले शरीर में उठ रही इन भावनाओं को स्वीकार किया जाए। इनके उठने पर साधक को ग्लानि या दुःख नहीं पालना चाहिए कि 'मैं तो सत्य के मार्ग पर चल रहा हूँ... मेरे साथ ऐसा क्यों हो रहा है... मेरे साथ ऐसा नहीं होना चाहिए।'

स्वीकार करें, यह जो हो रहा है, शरीर के साथ हो रहा है। साथ ही स्वयं को याद दिलाएँ, 'मैं शरीर नहीं हूँ, अतः यह मेरे साथ नहीं हो रहा है।' इस तरह अपनी अच्छी या बुरी हर भावना को साक्षी भाव से देखें और सेल्फ पर लौट जाएँ। जब श्रीकृष्ण कहते हैं, 'काम और क्रोध के वेग को सहन करनेवाला पुरुष ही योगी है और वही सुखी है' तो इसका अर्थ यह नहीं है कि इंसान को काम या क्रोध की भावनाएँ

न आए या आए तो वह उन्हें बलपूर्वक दमन करे या सहन करे। इसका अर्थ है कि वह उनसे चिपके बिना साक्षी भाव से उसे देख पाए।

शरीर तो मन और मेमोरी से युक्त एक मशीन है। मानो, कुछ पुरानी स्मृतियों से निकलकर आया या मन ने कुछ सोचा, इंद्रियों ने कुछ ऐसा सुना या देखा कि कामनाएँ उठी या क्रोध आया, आने दीजिए। इसे ऐसे समझें कि एक कामना या क्रोध का गुब्बारा फूला। परंतु जैसे ही आपने उसे साक्षी भाव से देखना शुरू किया, समझें उस गुब्बारे की सारी हवा निकलकर वह ज़मीन पर आ गिरा और आप उस भावना से मुक्त हो गए। इसे भविष्य में करके देखें।

अगली बार जब भी आपको किसी बात पर क्रोध आए तो उसे देखना शुरू करें कि इस समय शरीर की स्थिति कैसी है... साँस कैसी चल रही है... हृदय की गति कैसी है... क्या-क्या विचार चल रहे हैं... शरीर के किस हिस्से में दर्द या तनाव उभरा है... क्रोध के पीछे कौन सी इच्छा है, जिसमें रुकावट आई है... क्या मैं उस इच्छा को छोड़ सकता हूँ? अचानक आप पाएँगे कि उस भावना की तीव्रता कम हो गई। क्रोध के गुब्बारे की हवा निकल गई।

जो इंसान अपने अंदर उठनेवाली शारीरिक, मानसिक और भावनात्मक हलचलों को सेल्फ पर रहते हुए साक्षी भाव से देख पाता है, इस भाव में जब वह प्रवीण बन जाता है तब वह कभी भी किसी विकार में नहीं उलझता और सदा सुखी एवं आनंदित रहता है। श्रीकृष्ण के कथन का यही तात्पर्य है।

आगे श्रीकृष्ण कहते हैं, 'जो इंसान स्वसाक्षी बन जाए यानी सेल्फ पर स्थापित होकर हर बाहरी और आंतरिक कर्म का साक्षी बन स्वअनुभव में रमा रहे, उसी में सुखी रहे, वही सेल्फ के साथ एक होकर रहता है और परम शांत अवस्था को पाता है।

अध्याय ५ : २५-२६

25-26

श्लोक अनुवाद : जिनके सब पाप नष्ट हो गए हैं, जिनके सब संशय ज्ञान के द्वारा निवृत्त हो गए हैं, जो संपूर्ण प्राणियों के हित में रत हैं (और) जिनका जीता हुआ मन निश्चलभाव से परमात्मा में स्थित है, (वे) ब्रह्मवेत्ता पुरुष शांत ब्रह्म को प्राप्त होते हैं।।२५।।

काम, क्रोध से रहित, जीते हुए चित्तवाले, परब्रह्म परमात्मा का साक्षात्कार किए हुए ज्ञानी पुरुषों के लिए सब ओर से शांत परब्रह्म परमात्मा (ही) परिपूर्ण है।।२६।।

गीतार्थ : प्रस्तुत श्लोकों में श्रीकृष्ण आत्मयोग को अपने अनुभव में धारण करनेवाले योगी विशेषताएँ बता रहे हैं। आत्मयोगी जब इस संपूर्ण सृष्टि का, अपना और ईश्वर का रहस्य अनुभव से जान गया फिर भला उसे क्या संशय हो सकता है। लोगों को सबसे ज़्यादा परेशान करनेवाले प्रश्न उनके अस्तित्त्व से जुड़े होते हैं। जैसे– मैं कौन हूँ... पृथ्वी पर क्यों आया हूँ... मेरे जीवन का क्या उद्देश्य है... ईश्वर कौन है... कहाँ रहता है... कर्म क्या है... इसे कैसे करना चाहिए... भाग्य क्या है... मृत्यु क्या है... क्या मृत्यु के बाद भी जीवन है इत्यादि। आत्मज्ञान की अग्नि में ऐसे सभी प्रश्न विलीन जाते हैं और सिर्फ सत्य प्रकाशित होता है।

श्रीकृष्ण कहते हैं– 'आत्मज्ञानी, स्वअनुभवी इंसान के समस्त पाप नष्ट हो जाते हैं।' पाप नष्ट होने से तात्पर्य है कि उसका कर्ताभाव छूट जाता है। कर्म पाप या पुण्य तभी बनता है जब उस करनेवाले में 'मैं' का अहंकार हो। जब कर्ता ही नहीं तो कैसा पाप और कैसा पुण्य। दोनों से ही मुक्ति है। जिसने कामनाओं और क्रोध को साक्षी भाव से देखकर उनमें उलझना छोड़ दिया, जिसने मन की बड़बड़ को

भी साक्षी भाव से सुनकर उसमें उलझना छोड़ दिया, फिर कौन है जो उसकी शांति भंग कर सकता है।

पक्षी जाल में तभी फँसेगा जब जाल के संपर्क में आएगा... मछली तभी काँटे में फँसती है जब किसी लालच से काँटे के पास जाती है। आत्मयोगी इंसान जानता है कि माया का कौन सा काँटा उसे उलझा सकता है। वह पूरी सजगता से उस काँटे को साक्षी भाव से देखता हुआ दूर से ही निकल जाता है और अपने स्वअनुभव रूपी अमृतसागर में आनंद और शांति में लीन हुआ मुक्त विचरण करता है।

अध्याय ५ : २५-२६

● मनन प्रश्न :

१. आपने स्थायी और अस्थायी आनंद के फर्क को कितना समझा है? ऐसे उदाहरण सोचिए, जहाँ कुछ पाने के बाद आप बहुत खुश थे। आपको लगा था कि यह खुशी परमनंट (स्थायी) है मगर कुछ समय गुज़र जाने के बाद वह खुशी फीकी पड़ गई।

२. अगली बार मन में जब कोई इच्छा उठे और वह पूरी न हो तो मन में उठनेवाले विचारों का साक्षी भाव से अवलोकन करें। वे विचार आपको आपके बारे में महत्वपूर्ण जानकारी देंगे कि आपको किस-किस क्षेत्र में काम करने की आवश्यकता है।

भाग ५
ध्यान और भक्त्योगी
॥ २७-२९ ॥

अध्याय ५

स्पर्शान्कृत्वा बहिर्बाह्यांश्चक्षुश्चैवान्तरे भ्रुवोः। प्राणापानौ समौ कृत्वा नासाभ्यन्तरचारिणौ ।।२७।।

यतेन्द्रियमनोबुद्धिर्मुनिर्मोक्षपरायणः। विगतेच्छाभयक्रोधो यः सदा मुक्त एव सः।।२८।।

भोक्तारं यज्ञतपसां सर्वलोकमहेश्वरम्। सुहृदं सर्वभूतानां ज्ञात्वा मां शान्तिमृच्छति।।२९।।

27-28

श्लोक अनुवाद : बाहर के विषय-भोगों को (न चिंतन करता हुआ) बाहर ही निकालकर और नेत्रों की दृष्टि को भृकुटी के बीच में (स्थित करके तथा) नासिका में विचरनेवाले प्राण और अपानवायु को सम करके, जिसकी इंद्रियाँ मन और बुद्धि जीती हुई हैं, (ऐसा) जो मोक्षपरायण मुनि* इच्छा, भय और क्रोध से रहित हो गया है, वह सदा मुक्त ही है।।२७-२८।।

गीतार्थ : श्रीकृष्ण जब कहते हैं, 'बाहर के विषय-भोगों को न चिंतन करता हुआ...' तो इसका यह अर्थ नहीं है, 'विषय-भोग न करता हुआ...' इसका अर्थ है मन में उनके बारे में न सोचता हुआ... उनमें न उलझा हुआ...। मान लीजिए, एक इंसान को भूख लगी है मगर अभी उसे खाना नहीं मिला है। लेकिन उसके मन में खाने से संबंधित विचार चल रहे हैं जैसे 'पता नहीं आज टिफिन में क्या रखा मिलेगा... कहीं वही रोज़वाली दाल न हो... साथ में अचार और सलाद तो होना ही चाहिए... साथवाले दिनेश के टिफिन में तो रोज़ नई वैरायटी होती है... मेरी ही किस्मत खराब है... खाने के बाद बाहर जाकर चाय पीकर आऊँगा...।' यानी विषय-भोग किया भी नहीं लेकिन खुद को भोगता मानकर विषय-भोगों का ज़ोरदार चिंतन चल रहा है।

वहीं एक दूसरा इंसान खाना खाते हुए भी पूरी तरह शांत है। वह सेल्फ पर स्थापित हुआ खाने का आनंद ले रहा है। खाना स्वादिष्ट है या नहीं... उसकी पसंद का है या नहीं... नमक कम है या ज़्यादा.. उसे फर्क नहीं पड़ रहा है। वह तो उसे ईश्वर का प्रसाद मानकर धन्यवाद दे रहा है और इस भाव से खा रहा है कि 'खानेवाला भी ईश्वर, बनानेवाला भी ईश्वर, अन्न उगानेवाला भी ईश्वर...।' इस तरह वह विषय-भोग करता हुआ भी उनका चिंतन नहीं कर रहा है। वह विषय-भोगों से निर्लिप्त है।

ज़रा सोचकर देखिए यदि किसी की ऐसी अवस्था हो जाए कि अच्छा हो या बुरा, मनचाहा हो या न हो, फिर भी वह मस्त है, आनंदित है तो उसके जीवन की क्वॉलिटी क्या होगी? वह खुद भी कितना सुखी होगा और

**परमेश्वर के स्वरूप का निरंतर मनन करनेवाला।*

अध्याय ५ : २९

उसके आस-पासवाले भी कितने सुखी होंगे?

श्रीकृष्ण श्लोक में एक यौगिक स्थिति का भी जिक्र कर रहे हैं, जिसमें दृष्टि को भृकुटी के बीच में स्थित करके तथा नाक में विचरनेवाली श्वास (प्राण) और नाक से शरीर में जानेवाली श्वास (अपानवायु) को समान किया जाता है। इसे पढ़कर आपको यह नहीं सोचना है कि 'ये तो कुछ योगियों, तपस्वियों की बात है, हम तो नहीं कर सकते।' दरअसल इस यौगिक स्थिति से आप यह समझें कि आपको भी जीवन में संतुलन की अवस्था प्राप्त करनी है। जब आप संतुलित अवस्था में हैं तब यदि आप प्राणों पर ध्यान देंगे तब उन्हें आप समान, संतुलित पाएँगे। मन का शरीर पर और शरीर का मन पर प्रभाव पड़ता है। आप कहीं से भी शुरुआत करें पर लक्ष्य समभाव (स्व-स्वभाव) पर साक्षी रहकर केंद्रित रखें।

इस माया के संसार में रहते हुए, अपने दैनिक क्रिया-कलाप करते हुए, लोगों से डील करते हुए... जो समस्याएँ आती हैं जैसे कामना उठना, इंद्रियों का विषयों में उलझाना, क्रोध आना, भय, असुरक्षा, नफरत के भाव उठना आदि सबके बीच साक्षी भाव से संतुलित रहना है। अपनी स्थिति सेल्फ से नहीं डिगानी है। स्वयं को बारम्बार परमसत्य याद दिलाना है कि आप कौन हैं और यहाँ क्यों हैं, जो हो रहा है किसके साथ हो रहा है और कौन कर रहा है। ऐसा यदि कर लिया तो आप सदा मुक्त हैं।

29

श्लोक अनुवाद : मेरा भक्त मुझको सब यज्ञ और तपों का भोगनेवाला, संपूर्ण लोकों के ईश्वरों का भी ईश्वर (तथा) संपूर्ण भूत-प्राणियों का सुहृद् अर्थात् स्वार्थरहित दयालु और प्रेमी, (ऐसा) तत्त्व से जानकर शांति को प्राप्त होता है।।२९।।

अध्याय ५ : २९

गीतार्थ : एक भक्त अपने ईश्वर को ही हर कर्म (यज्ञ) और तपों को करनेवाला और भोगनेवाला समझता है। खुद को वह उस ईश्वर का दास या यंत्र मात्र बना लेता है और हर तरह के कर्ताभाव से मुक्त हो जाता है। एक भक्त ईश्वर को पूरी सृष्टि का स्वामी... ईश्वरों का ईश्वर मानता है। संसार में अनेक देवी-देवताओं की पूजाएँ प्रचलित हैं। उनके भक्त अपने-अपने इष्ट देवों को ईश्वर मानते हैं और दूसरों को नकारते हैं।

मगर जो भक्त ईश्वर को तत्त्व से जानता है, वह सभी में उसी एक परमचेतना सेल्फ का दर्शन करता है। उसकी दृष्टि सभी में उसी एक 'ईश्वरों के ईश्वर' सेल्फ को देखती हैं। उसी सेल्फ को वह सभी शरीरी-अशरीरी प्राणियों के हृदय में निवास करनेवाली चेतना के रूप में देखता है। वह सेल्फ सभी का प्रिय, सभी का भला चाहनेवाला, सभी पर दया और कृपा करनेवाला, सभी को प्रेम करनेवाला है क्योंकि सभी में वही तो है।

• मनन प्रश्न :

१. ऐसे समय जब आप कुछ शारीरिक कर्म नहीं कर रहे हैं तो अपने अंदर चल रहे मानसिक कर्मों (विचारों) को साक्षी भाव से देखें। पता करें कि खाली समय में वे किस दिशा में, किस सुविधा में, किस काम में ज़्यादा भागते हैं।

• • •

यह पुस्तक पढ़ने के बाद आप अपना अभिप्राय (विचार सेवा) इस पते पर भेज सकते हैं- Tejgyan Global Foundation, Pimpri Colony Post office, P.O. Box 25, Pune - 411 017. Maharashtra (India).

सरश्री अल्प परिचय

स्वीकार मंत्र मुद्रा

सरश्री की आध्यात्मिक खोज का सफर उनके बचपन से प्रारंभ हो गया था। इस खोज के दौरान उन्होंने अनेक प्रकार की पुस्तकों का अध्ययन किया। इसके साथ ही अपने आध्यात्मिक अनुसंधान के दौरान अनेक ध्यान पद्धतियों का अभ्यास किया। उनकी इसी खोज ने उन्हें कई वैचारिक और शैक्षणिक संस्थानों की ओर बढ़ाया। इसके बावजूद भी वे अंतिम सत्य से दूर रहे।

उन्होंने अपने तत्कालीन अध्यापन कार्य को भी विराम लगाया ताकि वे अपना अधिक से अधिक समय सत्य की खोज में लगा सकें। जीवन का रहस्य समझने के लिए उन्होंने एक लंबी अवधि तक मनन करते हुए अपनी खोज जारी रखी। जिसके अंत में उन्हें आत्मबोध प्राप्त हुआ। आत्म साक्षात्कार के बाद उन्होंने जाना कि अध्यात्म का हर मार्ग जिस कड़ी से जुड़ा है वह है- समझ (अंडरस्टैण्डिंग)।

सरश्री कहते हैं कि 'सत्य के सभी मार्गों की शुरुआत अलग-अलग प्रकार से होती है लेकिन सभी के अंत में एक ही समझ प्राप्त होती है। 'समझ' ही सब कुछ है और यह 'समझ' अपने आपमें पूर्ण है। आध्यात्मिक ज्ञान प्राप्ति के लिए इस 'समझ' का श्रवण ही पर्याप्त है।'

सरश्री ने ढाई हज़ार से अधिक प्रवचन दिए हैं और सौ से अधिक पुस्तकों की रचना की हैं। ये पुस्तकें दस से अधिक भाषाओं में अनुवादित की जा चुकी हैं और प्रमुख प्रकाशकों द्वारा प्रकाशित की गई हैं, जैसे पेंगुइन बुक्स, हे हाऊस पब्लिशर्स, जैको बुक्स, हिंद पॉकेट बुक्स, मंजुल पब्लिशिंग हाऊस, प्रभात प्रकाशन, राजपाल ॲण्ड सन्स इत्यादि।

तेजज्ञान फाउण्डेशन – परिचय

तेजज्ञान फाउण्डेशन आत्मविकास से आत्मसाक्षात्कार प्राप्त करने का एक रास्ता है। इसके लिए सरश्री द्वारा एक अनूठी बोध पद्धति (System for Wisdom) का सृजन हुआ है। इस पद्धति को अन्तर्राष्ट्रीय मानक ISO 9001:2015 के आवश्यकताओं एवं निर्देशों के अनुरूप ढालकर सरल, व्यावहारिक एवं प्रभावी बनाया गया है।

इस संस्था की बोध पद्धति के विभिन्न पहलुओं (शिक्षण, निरीक्षण व गुणवत्ता) को स्वतंत्र गुणवत्ता परीक्षकों (Quality Auditors) द्वारा क्रमबद्ध तरीके से जाँचा गया। जिसके बाद इन पहलुओं को ISO 9001:2015 के अनुरूप पाकर, इस बोध पद्धति को प्रमाणित किया गया है।

फाउण्डेशन का लक्ष्य आपको नकारात्मक विचार से सकारात्मक विचार की ओर बढ़ाना है। सकारात्मक विचार से शुभ विचार यानी हॅपी थॉट्स (विधायक आनंदपूर्ण विचार) और शुभ विचार से निर्विचार की ओर बढ़ा जा सकता है। निर्विचार से ही आत्मसाक्षात्कार संभव है। शुभ विचार (Happy Thoughts) यानी यह विचार कि 'मैं हर विचार से मुक्त हो जाऊँ।' शुभ इच्छा यानी यह इच्छा कि 'मैं हर इच्छा से मुक्त हो जाऊँ।'

ज्ञान का अर्थ है सामान्य ज्ञान लेकिन तेजज्ञान यानी वह ज्ञान जो ज्ञान व अज्ञान के परे है। कई लोग सामान्य ज्ञान की जानकारी को ही ज्ञान समझ लेते हैं लेकिन असली ज्ञान और जानकारी में बहुत अंतर है। आज लोग सामान्य ज्ञान के जवाबों को ज़्यादा महत्त्व देते हैं। उदाहरण के तौर पर कर्म और भाग्य, योग और प्राणायाम, स्वर्ग और नर्क इत्यादि। आज के युग में सामान्य ज्ञान प्रदान करनेवाले लोग और शिक्षक कई मिल जाएँगे मगर इस ज्ञान को पाकर जीवन में कोई बड़ा परिवर्तन नहीं होता। यह ज्ञान या तो केवल बुद्धि विलास है या फिर अध्यात्म के नाम पर बुद्धि का व्यायाम है।

सभी समस्याओं का समाधान है– तेजज्ञान। भय से मुक्ति, चिंतारहित व क्रोध से आज़ाद जीवन है– तेजज्ञान। शारीरिक, मानसिक, सामाजिक,

आर्थिक और आध्यात्मिक उन्नति के लिए है- तेजज्ञान। तेजज्ञान आपके अंदर है, आएँ और इसे पाएँ।

यदि आप ऐसा ज्ञान चाहते हैं, जो सामान्य ज्ञान के परे हो, जो हर समस्या का समाधान हो, जो सभी मान्यताओं से आपको मुक्त करे, जो आपको ईश्वर का साक्षात्कार कराए, जो आपको सत्य पर स्थापित करे तो समय आ गया है तेजज्ञान को जानने का। समय आ गया है शब्दोंवाले सामान्य ज्ञान से उठकर तेजज्ञान का अनुभव करने का।

अब तक अध्यात्म के अनेक मार्ग बताए गए हैं। जैसे जप, तप, मंत्र, तंत्र, कर्म, भाग्य, ध्यान, ज्ञान, योग और भक्ति आदि। इन मार्गों के अंत में जो समझ, जो बोध प्राप्त होता है, वह एक ही है। सत्य के हर खोजी को अंत में एक ही समझ मिलती है और इस समझ को सुनकर भी प्राप्त किया जा सकता है। उसी समझ को सुनना यानी तेजज्ञान प्राप्त करना है। तेजज्ञान के श्रवण से सत्य का साक्षात्कार होता है, ईश्वर का अनुभव होता है। यही तेजज्ञान सरश्री महाआसमानी शिविर में प्रदान करते हैं।

महाआसमानी परम ज्ञान
शिविर परिचय और लाभ (निवासी)

क्या आपको उच्चतम आनंद पाने की इच्छा है? ऐसा आनंद, जो किसी कारण पर निर्भर नहीं है, जिसमें समय के साथ केवल बढ़ोतरी ही होती है। क्या आप इसी जीवन में प्रेम, विश्वास, शांति, समृद्धि और परमसंतुष्टि पाना चाहते हैं? क्या आप शारीरिक, मानसिक, सामाजिक, आर्थिक और आध्यात्मिक इन सभी स्तरों पर सफलता हासिल करना चाहते हैं? क्या आप 'मैं कौन हूँ' इस सवाल का जवाब अनुभव से जानना चाहते हैं।

यदि आपके अंदर इन सवालों के जवाब जानने की और 'अंतिम सत्य' प्राप्त करने की प्यास जगी है तो तेजज्ञान फाउण्डेशन द्वारा आयोजित 'महाआसमानी शिविर' में आपका स्वागत है। यह शिविर पूर्णतः सरश्री की

शिक्षाओं पर आधारित है। सरश्री आज के युग के आध्यात्मिक गुरु और 'तेजज्ञान फाउण्डेशन' के संस्थापक हैं, जो अत्यंत सरलता से आज की लोकभाषा में आध्यात्मिक समझ प्रदान करते हैं।

महाआसमानी शिविर का उद्देश्य :

इस शिविर का उद्देश्य है, 'विश्व का हर इंसान 'मैं कौन हूँ' इस सवाल का जवाब जानकर सर्वोच्च आनंद में स्थापित हो जाए।

'मैं कौन हूँ? मैं यहाँ क्यों हूँ? मोक्ष का अर्थ क्या है? क्या इसी जन्म में मोक्ष प्राप्ति संभव है?' यदि ये सवाल आपके अंदर हैं तो महाआसमानी शिविर इसका जवाब है।

महाआसमानी शिविर के मुख्य लाभ :

इस शिविर के लाभ तो अनगिनत हैं मगर कुछ मुख्य लाभ इस प्रकार हैं- ✱ जीवन में दमदार लक्ष्य प्राप्त होता है। ✱ 'मैं कौन हूँ' यह अनुभव से जानना (सेल्फ रियलाइजेशन) होता है। ✱ मन के सभी विकार विलीन होते हैं। ✱ प्रेम, आनंद, मौन, समृद्धि, संतुष्टि, विश्वास जैसे कई दिव्य गुणों से युक्ति होती है। ✱ हर समस्या का समाधान प्राप्त करने की कला मिलती है।

महाआसमानी शिविर में भाग कैसे लें ?

इस शिविर में भाग लेने के लिए आपको कुछ खास माँगें पूरी करनी होती हैं। जैसे -

१) आपकी उम्र कम से कम अठारह साल या उससे ऊपर होनी चाहिए।

२) आपको सत्य स्थापना शिविर (फाउण्डेशन ट्रुथ रिट्रीट) में भाग लेना होगा, जहाँ आप सीखेंगे- वर्तमान के हर पल को कैसे जीया जाए और निर्विचार दशा में कैसे प्रवेश पाएँ।

३) आपको कुछ प्राथमिक प्रवचनों में उपस्थित होना है, जहाँ आप बुनियादी समझ आत्मसात कर, महाआसमानी शिविर के लिए तैयार होते हैं।

यह शिविर साल में पाँच या छह बार आयोजित होता है, जिसका लाभ

हज़ारों खोजी उठाते हैं। इस शिविर की तैयारी आगे दिए गए स्थानों पर कराई जाती है। पुणे, मुंबई, दिल्ली, सांगली, सातारा, जलगाँव, अहमदाबाद, कोल्हापुर, नासिक, अहमदनगर, औरंगाबाद, सूरत, बरोडा, नागपुर, भोपाल, रायपुर, चेन्नई, वर्धा, अमरावती, चंद्रपुर, यवतमाल, रत्नागिरी, लातूर, बीड, नांदेड, परभणी, पनवेल, ठाणे, सोलापुर, पंढरपुर, अकोला, बुलढाणा, धुले, भुसावल, बैंगलोर, बेलगाम, धारवाड, भुवनेश्वर, कोलकत्ता, राँची, लखनऊ, कानपुर, चंदीगढ़, जयपुर, पणजी, म्हापसा, इंदौर, इटारसी, हरदा, विदिशा, बुरहानपुर।

आप महाआसमानी की तैयारी फाउण्डेशन में उपलब्ध सरश्री द्वारा रचित पुस्तकों, सी.डी. और कैसेटस् सुनकर कर सकते हैं। इसके अलावा आप टी.वी., रेडियो और यू ट्यूब पर सरश्री के प्रवचनों का लाभ भी ले सकते हैं मगर याद रहे, ये पुस्तकें, कैसेट, टी.वी., रेडियो और यू ट्यूब के प्रवचन शिविर का परिचय मात्र है, तेजज्ञान नहीं। आप महाआसमानी शिविर में भाग लेकर ही तेजज्ञान का आनंद ले सकते हैं। आगामी महाआसमानी शिविर में अपना स्थान आरक्षित करने के लिए संपर्क करें : 09921008060/75, 9011013208

महाआसमानी शिविर स्थान :

यह शिविर पुणे में स्थित मनन आश्रम पर आयोजित किया जाता है। इस शिविर के लिए भोजन और रहने की व्यवस्था की जाती है। यदि आपको कोई शारीरिक बीमारी है और आप नियमित रूप से दवाई ले रहे हैं तो कृपया अपनी दवाइयाँ साथ में लेकर आएँ। वातावरण अनुसार गरम कपड़े, स्वेटर, ब्लैंकेट आदि भी लाएँ।

'मनन आश्रम' पुणे शहर के बाहरी क्षेत्र में पहाड़ों और निसर्ग के असीम सौंदर्य के बीच बसा हुआ है। इस आश्रम में पुरुषों और महिलाओं के लिए अलग-अलग, कुल मिलाकर 700 से 800 लोगों के रहने की व्यवस्था है। यह आश्रम पुणे शहर से 17 किलो मीटर की दूरी पर है। हवाई अड्डा, हाइवे और रेलवे से पुणे आसानी से आ-जा सकते हैं।

मनन आश्रम : मनन आश्रम, पुणे, सर्वे नं. ४३, सनस नगर, नांदोशी गाँव, किरकट वाडी फाटा, तहसील - हवेली, जिला : पुणे - ४११०२४.

फोन : 09921008060

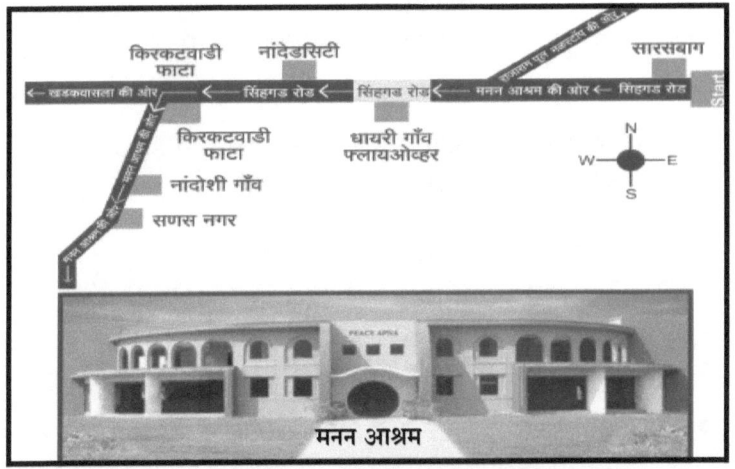

N
W
E
मनन आश्रम

अब एक क्लिक पर ही शिविर का रजिस्ट्रेशन !

तेजज्ञान फाउण्डेशन की इन शिविरों के लिए

अब आप ऑनलाईन रजिस्ट्रेशन भी कर सकते हैं-

* गहाआसमानी परम ज्ञान शिविर परिचय और लाभ (पाँच दिवसीय निवासी शिविर)
* मैजिक ऑफ अवेकनिंग (केवल अंग्रेजी भाषा जाननेवालों के लिए तीन दिवसीय निवासी शिविर)
* मिनी महाआसमानी (निवासी) शिविर, युवाओं के लिए

रजिस्ट्रेशन के लिए आज ही लॉग इन करें

www.tejgyan.org

e-mail - mail@tejgyan.com

website

www.tejgyan.org, www.gethappythoughts.org

तेजज्ञान फाउण्डेशन – मुख्य शाखाएँ

पुणे (रजिस्टर्ड ऑफिस)

विक्रांत कॉम्प्लेक्स, तपोवन मंदिर के नज़दीक,
पिंपरी, पुणे-४११ ०१७. फोन : 020-27411240, 27412576

मनन आश्रम

सर्वे नं. ४३, सनस नगर, नांदोशी गाँव, किरकटवाडी फाटा,
तहसील- हवेली, जिला- पुणे - ४११ ०२४. फोन : 09921008060

हर रविवार सुबह १०.०५ से १०.१५ तक
रेडियो विविध भारती, एफ. एम. पुणे पर 'तेजविकास मंत्र'

– तेजज्ञान इंटरनेट रेडियो –

२४ घंटे और ३६५ दिन सरश्री के प्रवचन और भजनों का लाभ लें,
तेजज्ञान इंटरनेट रेडियो द्वारा। देखें लिंक
http://www.tejgyan.org/internetradio.aspx

– नम्र निवेदन –

विश्व शांति के लिए लाखों लोग प्रतिदिन
सुबह और रात ९ बजकर ९ मिनट पर प्रार्थना करते हैं।
कृपया आप भी इसमें शामिल हो जाएँ।

पुस्तकें प्राप्त करने के लिए नीचे दिए गए पते पर मनीऑर्डर द्वारा पुस्तक का मूल्य भेज सकते हैं। पुस्तकें रजिस्टर्ड, कुरियर अथवा वी.पी.पी. द्वारा भेजी जाती हैं। पुस्तकों के लिए नीचे दिए गए पते पर संपर्क करें।

✻ WOW Publishings Pvt. Ltd. रजिस्टर्ड ऑफिस–E-4, वैभव नगर, तपोवन मंदिर के नज़दीक, पिंपरी, पुणे– 411017

✻ पोस्ट बॉक्स नं. 36, पिंपरी कॉलोनी पोस्ट ऑफिस, पिंपरी, पुणे – 411017
फोन नं.: 09011013210 / 9623457873

आप ऑन-लाइन शॉपिंग द्वारा भी पुस्तकों का ऑर्डर दे सकते हैं।
लॉग इन करें – www.gethappythoughts.org
300 रुपयों से अधिक पुस्तकें मँगवाने पर 10% की छूट और फ्री शिपिंग।

www.ingramcontent.com/pod-product-compliance
Lightning Source LLC
LaVergne TN
LVHW041549070526
838199LV00046B/1880